다니자키 준이치로
양윤옥 옮김

금빛 죽음

金色の死

KB109325

27세 무렵의 다니자키 준이치로(1913)

차례

인어의 탄식 —— 7

마술사 —— 43

금빛 죽음 —— 79

연보 —— 127

인어의 탄식

옛날 옛날, 아직 청나라 왕조[1]가 유월의 목단처럼 번영을 누리던 시절, 중국의 대도시 난징에 맹세도(孟世燾)[2]라는 젊은 귀공자가 살고 있었습니다. 이 귀공자의 부친 되는 이는 한때 베이징 조정에 출사하여 건륭제의 총애를 받고 만인이 부러워할 공적을 쌓은 대신(大臣)에다가, 만인에게 빈척(擯斥)을 받을 만한 거만(巨萬)의 부 또한 마련해 놓고 외아들 세도가 아직 나이 어린 참에 세상을 떠나고 말았습니다. 그러자 얼마 후 귀공자의 모친 되는 이도 지아비의 뒤를 따르는 바람에 홀로 남겨진 고아 세도는 저절로 엄청난 금은재보를 독차지하는 운명이 되었습니다.

---

1 원서는 '愛親覺羅氏 王朝', 중국 동북부 만주 여진족의 성씨이자 청나라의 국성(國姓)이다. '愛親'은 오자(誤字)로, '愛新'이 바른 한자다. 愛新은 만주어로 '아이신'인데 '金'이라는 의미다. 또 覺羅는 만주어로 '기오로'인데 청나라 시조 누르하치 일족이 최초로 정주한 지역 이름이다.

2 일본어 발음은 '모세이츄'이다.

나이 젊고 돈 있고 게다가 유서 깊은 가문의 영예를 물려받은 그는 이미 그것만으로도 충분히 행복한 사람이었습니다. 그런데 행복은 그것뿐만이 아니어서 이 귀공자는 얼굴과 마음까지도 참으로 보기 드문 미모와 재지(才智)를 타고났습니다. 그가 지닌 엄청난 재산과 수려한 이목구비, 명민한 두뇌, 그중 어느 한 가지를 들어 봐도 난징 전체의 젊은이들 중에서 그의 행복에 필적할 자는 없었습니다. 그를 상대로 호화로운 유흥을 겨루거나 교방(敎坊)의 미기(美妓)를 놓고 쟁탈전을 펼치거나 시문(詩文)의 우열을 두고 경쟁한 자는 누구라도 납작하게 패해 버렸습니다. 그리하여 난징 성내3의 모든 부녀들의 소원은 한 달이든 보름이든 저 아름다운 귀공자를 자신의 정인(情人)으로 삼는 것이었습니다.

　　세도는 그런 자신의 형편에 한껏 빠져들어 마침내 소년의 쌍상투를 벗어난 무렵부터 어느새 유곽의 술을 마시기 시작해 그 시절 말로 하자면 절옥투향(竊玉偸香)4의 맛을 보았고, 스물두세 살 때쯤에는 대략 세상의 방탕이라는 방탕, 호사라는 호사의 극치를 모조리 섭렵해 버렸습니다. 그 때문인지 요즘에는 머릿속이 어쩐지 흐리멍덩하고 어디를 가

3　원서는 연화성중(煙花城中), 안개처럼 아른아른 꽃이 만발한 아름다운 봄 풍경의 성내라는 뜻. 이백의 「황학루에서 광릉으로 가는 맹호연을 배웅하며」라는 시에 '煙花三月下揚州'라는 대목이 있다. 한편 '연화(煙花)'는 매춘부나 기녀를 가리키는 말이기도 하다.

4　『진서(晉書)』의 「가충전(賈充傳)」에서, 진나라 때의 권신 가충이 진무제로부터 희귀한 향을 하사받았는데 그의 딸이 이 향을 훔쳐 사랑하는 남자에게 주었다는 고사에서 나온 말. 남녀 간에 서로 불이 붙으면 귀한 향도, 옥도 빼돌릴 만큼 정신없이 사랑하게 된다는 뜻.

봐도 아무 재미가 없어서 온종일 저택에 틀어박힌 채 끄덕끄덕 무료한 나날을 보내고 있었습니다.

"이봐, 어떤가, 요즘 영 기운이 쇠한 것 같은데 잠시 시내에 놀러 나가는 게 좋지 않겠나? 자네야 아직 도락에 싫증이 날 나이도 아니지 않은가?"

악우(惡友) 중 누군가가 그렇게 부르러 오면 귀공자는 매번 끼느른한 눈빛으로 빤히 바라보고 오만하게 비웃으며 대답하는 것이었습니다.

"응, 나 역시 아직 도락에 싫증이 난 것은 아니야. 하지만 놀러 나가 본들 무슨 재미있는 일이 있는가. 나는 이제 흔해 빠진 거리 여자들이나 술맛 같은 것은 그저 역겹기만 해. 참으로 유쾌한 일이 있기만 하다면야 언제라도 함께 어울려 놀러 나가겠지만⋯⋯."

귀공자의 시선으로 보면 일 년 내내 거기서 거기인 유곽 여자에 빠져 천편일률적인 방탕을 구가하는 악우들의 하루하루가 오히려 딱하기까지 했습니다. 만일 여자에 빠지기로 하자면 평균치는 넘는 여자였으면 좋겠다, 만일 방탕을 구가하자면 늘 새로운 방탕이었으면 좋겠다, 귀공자의 마음속에는 그러한 욕망이 불타고 있었지만 그것을 만족시키기에 알맞은 대상이 눈에 띄지 않아 어쩔 수 없이 무료한 시간을 보내는 것이었습니다.

하지만 세도의 재산이 무진장이라도 그의 수명은 애초에 한도가 있는 것이라서 그리 길게 아름다운 '젊음'을 유지할 수는 없습니다. 귀공자도 이따금 그 점을 생각하면 문득 환락이 그리워지고 이렇게 꾸물꾸물하여서는 안 될 듯한 기분에 휩싸이곤 했습니다. 어떻게든 바로 지금, 현재 자신이 가진 '젊음'이 사라지지 않은 동안에 다시 한 번 시들해진 나날을 바짝 다그쳐 식어 가는 가슴속에 열탕과도 같은 감정이 들끓도록 하고 싶다, 밤이면 밤마다 누리는 연락(宴樂), 날이면 날마다 누리는 연희(讌戲)에 빠져 전혀 싫증 나는 줄 모르던 이삼 년 전의 흥분에 어떻게든 다시 한 번 도달하고 싶다, 라고 초조해하기는 했으나 딱히 지금 이때에 그를 펄쩍 뛰게 할 만한 맵싸한[5] 자극도 없고 참신한 방법도 없었습니다. 더할 수 없는 환락의 절정을 누리고 수많은 미치광이 짓을 모두 경험해 버린 그에게 이제는 그보다 더 강렬하고 특이한 놀이가 이 세상에 있을 리 없습니다.

그래서 귀공자는 어쩔 수 없이 자기 집 술 창고에 있는 진기한 술을 남김없이 상에 차려 내게 하고, 또한 거리 교방의 사방 각지에서 모여든 미녀들 중에 특별히 재색을 타고난 여인을 일곱 명만 선정하여 그들을 자신의 첩으로 들이고 각각 일곱 군데의 수방(繡房)에서 살게 하였습니다. 술 쪽으로는 우선 첫째가 달콤하고도 강한 산서(山西)의 로안주(潞安酒), 담백하고 부드러운 상주(常州)의 혜천주(惠泉酒), 그 밖에 소주(蘇州)의 복진주(福珍酒), 호주(湖州)의 오정심주(烏程潯酒), 북방의 포도주, 마내주(馬奶酒), 이주(梨酒), 조주(棗酒)에서부터 남방의 야장주(椰漿酒), 수즙주(樹汁酒), 밀주(蜜酒)에 이르기까지 사백여 주(州)의 달고 향기로운 명주[6]

5 향랄(香辣).
6 가례방순(佳醴芳醇).

가 아침저녁 밥상에 번갈아 가며 잔을 채워 귀공자의 입술을 적셔 주었습니다. 하지만 그런 명주들의 맛도 이전에 자주 마셔 버릇한 귀공자의 혀에는 그다지 신기하게 느껴질 리 없습니다. 마시면 취하고 취하면 유쾌해지기는 하였으나 늘 뭔가 부족한 듯한 마음이 들어 예전처럼 기분이 훨훨 날아오르는 듯한[7] 감흥은 가슴속에 전혀 샘솟지 않았습니다.

"왜 우리 서방님은 날마다 저토록 울적하고 따분한 얼굴을 하고 있을까."

일곱 명의 첩들은 그렇게 의아해하며 저마다 가진 최대한의 비술을 다하여 어떻게든 귀공자의 마음을 붙들고자 하였습니다. 홍홍(紅紅)이라는 첫째 첩은 목소리가 자랑이어서 틈만 나면 애완(愛玩)의 호금(胡琴)을 뜯어 가며 옥구슬 같은 목청으로 아름답고도 간드러지게 재주를 부리고, 앵앵(鸎鸎)이라는 둘째 첩은 시구(詩句)를 짓는 재주가 뛰어나 기회가 있을 때마다 재미있는 화제를 잡아 작은 새처럼 붉은 혀 달콤한 주둥이[8]로 재잘거렸습니다. 백옥 피부가 자신 있는 셋째 첩 요낭(窈娘)은 걸핏하면 술기운을 빌려 정결한 두 팔의 매끄러운 살을 드러내고, 애교가 자랑거리인 넷째 첩 금운(錦雲)은 언제나 통통한 뺨에 오목한 보조개를 새긴 채 참으로 상냥한 미소를 지으며 석류 같은 이를 내보이고, 다섯째 여섯째 일곱째 첩들도 제각각 자신의 장점을 내세워 끊임없이 서방님의 사랑을 차지하고자 하는 것이었습니

---

7   신사표양(神思飄颺).
8   강설밀취(絳舌蜜嘴).

다. 하지만 귀공자는 이 여인들 어느 누구에게도 그다지 강하게 집착하는 기색이 없었습니다. 세상 보통 사람의 시선으로 보자면 그들은 틀림없이 절세미인이었지만 교만한 귀공자가 상대다 보니 역시 술맛과 마찬가지로 모처럼 타고난 교태가 이제 새삼 진기하지도, 아름답지도 않은 것입니다. 그런 식으로 차례차례 끊임없이 진한 향[9]의 자극을 찾으려 하고 영겁의 환희와 영겁의 황홀로 심신을 즐기려 하는 귀공자의 바람은 도무지 평범한 술이나 여인의 힘을 빌려서는 이루어질 수 없는 것이었습니다.

"돈은 얼마든지 줄 터이니 좀 더 특이한 술은 없더냐? 좀 더 아름다운 여인은 없더냐?"

귀공자의 저택에 드나드는 상인들은 번번이 그런 주문을 받으면서도 아직껏 그의 상찬을 들을 만큼 번듯한 것을 가져온 적이 없었습니다. 개중에는 호기심 강한 귀공자의 소문을 듣고 돈 욕심에 눈이 멀어 방방곡곡 각 지역에서 정체 모를 가짜 물건을 먼 길 마다 않고 허덕허덕 팔러 오는 간교한 상인도 있었습니다.

"귀공자님, 이것은 제가 시안의 노포 창고에서 찾아낸 천 년 전의 술입니다. 무려 옛날 옛적 당나라 장황후(張皇后)께서 즐겨 마시던 그 유명한 현뇌주(鴞腦酒)[10]입니다. 또한

9　방렬(芳烈).

10　당나라의 문인 단성식(段成式, 803~863)이 시중의 다양한 풍속, 동식물, 기이한 현상과 인물 등을 모아 분야별로 적은 수필집 『유양잡조(酉陽雜俎)』에서 소개한 기이한 술 이름. 솔개의 뇌로 담근 술로, 당나라 '숙종의 장황후'가 권력을 독점하여 매번 임금께 술상을 올릴 때 항상 현뇌주를 올렸다. 이 술은 사람

이쪽은 마찬가지로 당나라 순종 황제께서 즐겨 드시던 용고주(龍膏酒)라고 합니다. 거짓인 것 같다면 술 항아리의 고색(古色)을 잘 봐 주십시오. 보시는 대로 천 년 전의 봉인이 버젓이 남아 있지 않습니까?"

그렇게 줄줄 늘어놓는 것을 짓궂은 귀공자는 묵묵히 다 들어준 뒤에 느릿느릿 이렇게 말합니다.

"아니, 자네의 능변은 감탄스럽네만 나를 속여 먹을 꿍꿍이라면 조금 더 지식을 넓혀야겠네. 이 술 항아리는 강남의 남정요(南定窯) 물건으로 남송 이전에는 존재하지 않던 물건이야. 당나라의 명주가 송나라 도기에 봉해져 있는 것은 너무도 우스꽝스럽지 않은가?"

그런 말을 듣고 보니 상인은 한마디도 못 한 채 식은땀을 줄줄 흘리며 물러가고 맙니다. 실제로 도기뿐만 아니라 의복이나 보석, 회화, 도검에 이르기까지 다양한 미술 공예에 관한 귀공자의 감식은 무서울 만큼 해박해서 온 중국의 고고학자와 골동가가 다 모여도 도저히 그의 발뒤꿈치도 따르지 못한다는 건 분명한 사실이었습니다.

여인을 팔러 오는 자도 귀찮을 만큼 많아서 각자 저 좋을 대로 자화자찬을 늘어놓습니다.

"귀공자님, 이번에야말로 아주 괜찮은 미녀를 찾았습니다. 출신은 항저우 상인의 딸이고, 이름은 화려춘(花麗春), 나이는 열여섯 살입니다만, 용모는 물론이고 기예가 출중하

을 오랫동안 취하게 하고 건망증에 사로잡히게 한다.'라는 대목이 나온다. 장황후가 숙종을 뒤에서 조종하려 한 것을 풍자하여 떠돌던 기담이다.(『유양잡조 1』 정환국 옮김, 소명출판, 「권 16 날짐승(羽編)」 376쪽에서 인용.)

고 시에 능하고, 일단 이만큼 괜찮은 인물은 중국 사백여 주를 통틀어 둘도 없을 것입니다. 뭐, 속는 셈 치고 본인을 한번 만나 보시는 게 어떻겠습니까?"

그런 말을 들으면 번번이 그들에게 속으면서도 귀공자는 그만 마음이 동해서 일단 그 아이를 만나 보지 않고서는 직성이 풀리지 않습니다.

"그렇다면 만나 볼 터이니 지금 당장 불러오게."

대부분의 경우 그는 어쨌든 그런 대답을 해 주는 것입니다.

하지만 인신매매인의 손에 이끌려 귀공자 저택에 선을 뵈러 나선 미녀들은 어지간히 낯 두꺼운 성품이 아닌 한, 대개는 얼굴이 붉어지는 수치를 겪고 울며불며 돌아가는 게 보통이었습니다. 왜냐하면 그 인신매매인과 미녀는, 우선 호화롭기 짝이 없는 저택 안 대기실로 불려 가 한참을 기다린 끝에 이번에는 한층 더 거울 같은 화반석(花斑石) 깔린 길을 지나 길고 긴 복도를 몇 번이나 굽어들어 마침내 으슥한 안채의 넓은 방으로 안내를 받아 들어갑니다. 눈을 들어 바라보면 거기에서는 바야흐로 성대한 연회가 열려 어떤 자는 기둥에 몸을 기대어 퉁소를 불고 어떤 자는 병풍 앞에서 비파를 뜯고, 수많은 남녀가 술에 취해 비틀비틀 자리를 바꿔 가며 손에 손에 술잔을 높이 들고 운라(雲鑼)[11]를 치고 월고(月鼓)를 울리면서 온갖 방가난무(放歌亂舞)를 즐기는 것입니

11　중국 전통 타악기의 하나. 작은 접시 모양의 징 열 개를 틀에 상하좌우로 매달고 나무망치로 쳐서 소리를 낸다.

다. 그것만으로도 벌써 반쯤은 넋이 나가 버리지만, 게다가 주인인 귀공자는 항상 반드시 한 단 높은 침상의 가림막 뒤에서 금수(錦繡)의 꽃 융단 위에 비스듬히 몸을 눕히고 아주 따분하다는 듯 하품을 해 가며 눈앞의 소란 따위엔 아랑곳하지 않고 끄덕끄덕 은제 담뱃대로 아편을 빨고 있습니다.

"오호, 사백여 주에 둘도 없는 미녀라는 게 이 아이였더냐……"

귀공자는 느릿느릿 몸을 일으켜 졸린 듯한 눈빛으로 두 사람을 지그시 쳐다봅니다. 그런가 싶더니 금세 피식 코웃음을 칩니다.

"……그런데 사백여 주라고 하더니 우리 집안보다 여자가 없는 모양이로구나. 자네도 명색이 사람 장사로 먹고 사는 자라면 후학을 위해 나의 첩들을 좀 봐 두시게."

그렇게 말하는 주인의 목소리에 응하여 바로 그 일곱 명의 총희들이 마치 잘 길들인 비둘기처럼 순식간에 수렴(繡簾)[12] 틈에서 줄줄이 나타나는 것입니다. 저마다 좋아하는 능라를 차려입고 저마다 좋아하는 머리 장식을 꽂은 각각의 총희의 등 뒤로는 하나같이 쌍환(雙鬟)[13]의 미소년이 좌우로 두 명씩 따르면서 계속 자루 긴 진홍빛 비단[14] 부채로 그들의 발그레한 눈두덩에 살랑살랑 미풍이 일렁이게 합니다. 그들은 일곱 명의 여왕처럼 눈부시게 환한 교태의 웃

12 　수를 놓은 발.

13 　양쪽으로 땋아서 틀어 올린 머리 모양.

14 　강사(絳紗).

음을 지으며 귀공자 주위에 선 채 서로 얼굴을 마주 보며 언제까지든 조용히 입을 다물고 있습니다. 입을 다물면 다물수록 그들의 미모는 한층 선명하게 빛나서 제아무리 욕심에 눈이 먼 인신매매인이라도 저도 모르게 황홀해지지 않을 수 없습니다. 잠시 멍해진 채 찬탄의 눈 깜빡임을 거듭한 뒤, 마침내 정신을 차린 인신매매인은 뒤에 선 자기 상품의 딱하고 못난 꼬락서니를 깨닫고 인사도 하는 둥 마는 둥 굽실굽실 기다시피 저택 밖으로 내빼 버립니다. 그 뒷모습을 지켜보며 주인인 귀공자는 의욕이라고는 없는 얼굴로 크게 실망한 듯 다시 비스듬히 누워 버리는 것입니다.

이윽고 그해 여름이 저물고 가을이 깊어 시월 조(十月朝)[15]의 축제도 끝나고, 공부자(孔夫子)[16] 탄신일도 지나갔으나 그의 머릿속에 둥지를 튼 권태와 우울은 여전히 풀릴 기미가 없었습니다. '젊음'에 의지하던 귀공자도 마침내 내년이면 스물다섯 살이 되는가 생각하니 탐스럽던 귀밑머리의 윤기마저 점점 시들해지는 것만 같았습니다. 기분이 우울할수록, 마음이 쓸쓸할수록 향락에 동경을 품고 가슴 뛰는 흥분을 찾고자 하는 마음속 답답함은 점점 더 쌓여 갔습니다. 맛도 없는 술을 마시고 귀엽지도 않은 여자를 지분거리며 열흘이고 스무 날이고 기나긴 밤의 연회를 밀어붙이며 들끓는 듯한 난장을 만들기도 하고 이것저것 해 보았으나 전

15 예전에 음력 10월 1일, 조상을 모시던 중국의 명절.
16 공자를 높여 이르는 말.

혀 효과가 없었습니다. 그래서 결국 저 맥(貘)[17]이라는 야수처럼 아편을 빨아 꿈을 잘라먹고 황당무계한 망상의 구름에 둘러싸여 온종일 멍하니 팔다리를 늘어뜨리고 있을 수밖에 없었던 것입니다.

귀공자의 미간에 서린 흐림이 풀리지 않은 채 이윽고 새해가 밝고 화창한 영춘의 계절이 되었습니다. 그 무렵 청나라 왕의 덕화(德化)는 중국 전역에 널리 영향을 미쳐, 위로 영명한 천자를 모신 열여덟 개 성(省)의 백성은 고복격양(鼓腹擊壤)[18]의 태평성대에 취해 세간이 어쩐지 양기로 들썽들썽한 덕분에 정월의 난징 거리는 근래에 없이 흥청거렸습니다. 마침 1월 13일, 이른바 상등(上燈)의 날로부터 18일 낙등(落燈)의 날까지 엿새 동안을 등야(燈夜)라 칭하여 해마다 각 가정에서는 매일 밤마다 문 앞에 등롱을 켜고, 관청이나 부호의 저택에서는 위층 높직이 축면(縮緬)[19] 장막을 치고 채등(彩燈)[20]을 내걸고 주연을 벌이며 사죽(糸竹)[21]을 열었습니다. 또한 성내의 번화가 대로에서는 마치 일본 오사카의 여름 거리처럼 도로 한편에서 맞은편 처마 끝으로 목면 천을 건너질러 등 선반을 만들고 거기에 홍백 가지각색

---

17 중국 전설에 등장하는 상상 속의 동물. 인간이 잠잘 때 꾸는 꿈을 먹고 산다.

18 태평한 세월을 즐기는 것을 이르는 말. 중국 요임금 때 한 노인이 배를 두드리고 땅을 치며 요임금의 덕을 찬양하고 태평성대를 즐겼다는 일화에서 나왔다.

19 바탕이 오글쪼글한 비단 천.

20 알록달록한 등.

21 거문고 등의 현악기와 관악기의 총칭으로, 이 악기들로 연주하는 음악회를 뜻한다.

의 등롱을 매달았습니다. 그리고 거리 곳곳에 모여든 젊은 이들은 일본 법화종 신자가 법요의 만등을 떠메듯이 용등, 마등, 사자등을 흔들흔들 내두르고 동라(銅鑼)를 울리고 금라(金鑼)를 두드리며 길거리를 누비는 것입니다. 하지만 이런 축제가 한창인데도 귀공자의 얼굴만은 변함없이 침울해서 전혀 환해질 낌새조차 없었습니다.

상등 날 밤으로부터 이삼일 지난 어느 저녁나절의 일이었습니다. 귀공자는 전망 좋은 남쪽 노대[22]에 나가 평상에 몸을 기댄 채 늘 해 왔듯 은제 담뱃대로 아편을 뻑뻑 빨고 있었습니다. 마침 그곳에서는 시가지의 잡답(雜沓)이 손에 잡힐 듯 내려다보여서 바야흐로 일제히 불을 켠 수백 수천의 등롱이 백은(白銀) 같은 저녁 안개 속에 반짝반짝 흘러가며 황혼의 포면(舖面)[23]을 물고기 비늘처럼 번들거리게 했습니다. 어느 널찍한 사거리에는 급조된 놀이 패 무대가 들어서서 깃발을 내걸고 휘장을 펄럭이며, 진한 분장을 한 배우 두 명이 주악 소리에 맞춰 다양한 연극을 꾸며 연기하고 있었습니다. 오래도록 바깥바람을 쐬지 않고 궁전 안에 칩거했던 귀공자의 눈에 문득 그러한 광경이 일종의 색다른, 말하자면 진기한 외국 도읍지에 온 듯한 기묘한 느낌을 불러일으켰던 것이겠지요. ─ 아니면 또한 아편 연기에 취해 터무니없는 환각을 붙잡기라도 했던 것이겠지요. 그는 어느새 손에 든 담뱃대를 내려놓고 노대 난간에 턱을 괸 채 딱히 보

22 위층의 지붕 없는 발코니.
23 돌을 깔아 포장한 도로.

18

는 것도 없이 길거리의 소란을 응시하는 것이었습니다. 마침 그때 그곳을 지나가던 삼삼오오의 군중은 모두가 익살스러운 가장행렬의 대열을 짜서 마치 귀공자의 우수를 달래 주듯이 한층 높이 발 박자를 짚어 가며 환호성을 올렸습니다. 이어서 그 뒤를 따라 다양한 물고기와 새의 형상으로 꾸민 등롱을 받쳐 들고 이른바 행등(行燈) 패가 지나갔습니다.

그때 귀공자의 시선은 어느 기이한 인물의 모습을 포착하고 오랫동안 열심히 그를 뒤쫓는 것 같았습니다. 그 사내는 머리에 비로드(天鵝絨) 모자를 쓰고 몸에 검은빛이 도는 진홍색 나사(羅紗)[24] 외투를 걸치고 발에는 검은 가죽 구두를 신고 당나귀 한 마리에 수레를 매달고 오는 것이었습니다. 그리고 모처럼의 구두도, 모자도, 외투도 오랜 여행길에 해졌는지 여기저기 구멍이 뚫리고 빛이 바랬습니다. 그 사내 앞에는 행등을 든 사람 수십여 명이 대여섯 간(間)[25]이나 되는 눈부신 대형 용등을 떠메고 수십 개의 촛불을 밝힌 채 이영차 이영차 행진하고 있었지만 이 용등 패와 그 사내와는 아무 관계도 없는지 그는 이따금 발을 멈추고 몹시 지친 듯 한숨을 쉬어 가며 거리의 소란 통을 바라보았습니다. 처음에는 가장행렬의 대오에 뒤처진 사람처럼 보였지만 점차 귀공자의 저택으로 다가옴에 따라 당나귀나 수레를 뒤에 달고 오는 모양새가 아무래도 그렇게는

---

24 양털, 혹은 거기에 무명, 명주, 인조 견사 따위를 섞어 짠 두껍고 쫀쫀한 모직물.

25 '間'은 길이 단위로 쓰일 때는 약 1.8미터이다. '길'이라고도 한다. 보통 사람 키 정도의 길이로, '열 길 물속은 알아도 한 길 사람 속은 모른다.'라는 식으로 쓰인다. 면적 단위일 때는 약 1.8제곱미터이다.

보이지 않았습니다. 또한 그 사내는 그저 옷차림뿐만 아니라 피부며 머리털이며 눈동자 색깔까지 완전히 보통 사람과는 유다른 모습이었습니다.

"……저건 아마 서양 인종이 틀림없어. 필시 남양(南洋)의 섬나라에서 표류해 온 네덜란드(阿蘭陀)[26]인지 어딘지의 사람일 게야."

귀공자는 그렇게 생각했습니다. 하긴 그 무렵은 난징 거리에 이따금 유럽인(歐人)의 모습이 눈에 띄는 시대였지만 이렇게 축제가 한창인 가운데, 게다가 행렬 인파에 이리저리 떠밀리면서 근사하게 눈에 띄는 옷차림을 하고 지친 다리를 질질 끌며 걸식자처럼 헤매는 그 사내의 거동에는 아무래도 의심을 품지 않을 수 없었습니다. 그리고 더더욱 이상한 점은 정확히 노대의 바로 밑에 이르자 그는 돌연 걸음을 멈추고 그 비로드 모자를 벗으며 공손하게 위층의 귀공자에게 인사를 하는 것이었습니다.

찬찬히 바라보니 사내는 당나귀가 끄는 수레 쪽을 가리키며 귀공자를 향해 뭔가 자꾸만 말을 하고 있었습니다.

"이 수레의 가마 안에는 남양의 물속에 사는 진기한 생물이 있습니다. 나는 당신의 소문을 듣고 저 멀리 열대 바닷가에서 인어를 산 채로 잡아 온 사람입니다."

길거리가 몹시 소란스러웠던 탓에 분명하게 알아듣지는 못했으나 그는 어눌한 중국어를 구사해 가며 그런 뜻의 말을 하는 것이었습니다.

26 네덜란드의 일본식 표기.

귀에 익숙하지 않은 기묘한 발음으로 서양인의 입을 통해 '인어'라는 말을 들었을 때, 귀공자는 가슴속이 저도 모르게 두근두근 뛰는 것을 느꼈습니다. 그는 물론 태어나서 여태까지 단 한 번도 인어라는 것을 본 적이 없습니다. 하지만 방금 뜻하지 않게 남양의 여행자 입에서 '인어'라는 중국어가 일종의 특유한 움라우트[27]로 발음되자 거기에 한층 더 신비한 빛이 깃든 것처럼 느껴진 것입니다.

  "여봐라, 여봐라, 누구 집 앞에 나가 저기 서 있는 홍모[28]의 이방인을 서둘러 안으로 불러오너라."

  귀공자는 여느 때와 달리 다급한 말투로 곁에서 시중드는 교동(姣童)[29]에게 분부했습니다.

  잠시 뒤 당나귀는 귀공자의 저택 안 깊숙이 안내를 받아 제1대문을 지나고 제2의문(儀門)[30]을 건너 뒤뜰 수림천석(樹林泉石)[31]의 문을 빙 두르고 대낮도 무색할 만큼 환하게 홍등 불빛이 넘치는 내청(內廳) 돌계단 가장자리에 자리를 잡았습니다. 귀공자는 항상 하던 대로 일곱 명의 총희를 옆에 거느리고 복도 끝 가까이에 의자를 내어놓게 했고 그것

---

27 Umlaut. 단어 또는 어절에서 'ㅏ', 'ㅓ', 'ㅗ' 따위의 후설 모음이 다음 음절에 오는 'ㅣ'나 'ㅣ'계(系) 모음의 영향을 받아 전설 모음 'ㅐ', 'ㅔ', 'ㅚ' 따위로 변하는 현상. '잡히다'가 '잽히다'로, '먹히다'가 '멕히다'로, '녹이다'가 ' 이다'로 발음되는 경우다. 변모음, 전모음화라고도 한다.

28 홍모인(紅毛人)은 서양 사람, 특히 당시에 가장 먼저 동양에 진출했던 네덜란드인을 가리킨다.

29 귀엽게 잘생긴 남자아이. 미동(美童).

30 옛날 관서(官署)의 대문 안에 있는 두 번째 문.

31 천석은 정원에 조성한 연못과 바위.

을 본 이방인은 다시 공손하게 바닥에 무릎을 꿇고 중국식 예법에 따라 계수(稽首)[32]의 예를 갖춘 뒤, 또다시 어눌한 발음으로 더듬더듬 말하기 시작했습니다.

"제가 이 인어를 잡은 것은 광둥 항(廣東港)에서 수백 해리(海里)[33] 떨어진 네덜란드령 산호섬 부근이었습니다. 어느 날 저는 그곳에 진주를 채집하러 나갔다가 뜻하지 않게 진주보다 더 귀한 아름다운 인어를 잡은 것입니다. 인간은 진주를 사랑할 수 없지만 어떤 사람이라도 인어를 봤다면 그녀를 사랑하지 않을 수는 없습니다. 진주에는 그저 차가운 광택이 있을 뿐이지요. 하지만 인어는 요려(妖麗)한 자태 속에 뜨거운 눈물과 따뜻한 심장과 신비한 지혜를 감추고 있습니다. 인어의 눈물은 진주 빛깔보다 몇십 배나 정결합니다. 인어의 심장은 산호 구슬보다 몇백 배나 붉습니다. 인어의 지혜는 인도의 마법사보다 더 신기한 비술을 터득하고 있습니다. 인간이 미처 짐작도 못 할 신통력을 가졌으면서도 그녀는 어쩌다 배덕(背德)의 악성(惡性)을 타고난 탓에 인간보다 열등한 어류로 떨어졌습니다. 그래서 짙푸른 바다 밑을 헤엄치면서 항상 육지의 낙토를 동경하고 인간 세계를 그리워하며 쉴 새 없이 슬픔에 몸부림치는 것입니다. 그 증거로, 인간은 누구라도 저 아름다운 인어에게서 우울한 애수의 그림자를 알아볼 것입니다."

---

32 머리가 땅에 닿도록 몸을 굽혀 하는 절.

33 거리의 단위. 바다 위나 공중의 긴 거리를 나타낼 때 쓰인다. 1해리는 1,852미터에 해당하지만, 나라마다 약간의 차이를 보인다.

그렇게 말할 때, 이방인은 부자유한 인어의 처지를 가엾어 하듯이 그 스스로도 애달픈 표정을 보였습니다.

귀공자는 인어를 구경하기도 전에 우선 그 이방인의 용모에 감동을 받은 것 같았습니다. 그는 지금까지 서양인이란 미개한 종족이라 믿고 있었는데 이 걸식자 같은 만이(蠻夷)의 얼굴을 찬찬히 바라보면 볼수록 그곳에 기품 있는 위력이 잠재하고 있어서 어딘지 모르게 자신을 압도하는 것처럼 느꼈던 것입니다. 그 이방인이 가진 초록빛 눈동자는 흡사 열대 감벽(紺碧)의 바다처럼 그의 영혼을 바닥 모를 깊이에로 끌어들였습니다. 또한 그 이방인의 수려한 눈썹과 넓은 이마와 순백의 피부색 등은 미모라면 부족함이 없던 귀공자의 것보다 훨씬 더 우아하고 단정하며 게다가 복잡한, 어둡고도 환한 정서의 표현이 풍부한 것이었습니다.

"그대는 대체 어느 누구에게서 나에 대한 소문을 듣고 그 먼 길을 마다하지 않고 이곳 난징까지 찾아왔는가?"

이방인이 들려주는 인어 이야기에 잠시 황홀하게 귀를 기울인 뒤 귀공자는 그렇게 물었습니다.

"제가 바로 얼마 전 마카오(媽港) 거리를 헤매고 있던 참에 어느 지인 무역상에게서 처음 그 이야기를 들었습니다. 만일 그 이전에 알았더라면 아마 당신은 좀 더 일찍 저의 인어를 보실 수 있었겠지요. 저는 이 진기한 상품을 갖고 거의 반년쯤이나 아시아(亞細亞) 각국의 항구라는 항구를 모두 편력했지만, 어느 곳의 상인도, 어느 곳의 귀족도 결코 이것을 사려고 하지 않았습니다. 어떤 자는 가격이 지나치게 비싸다면서 꽁무니를 뺐습니다. 왜냐하면 인어의 대가는 아라비아의 금강석 칠십 개, 교지(交趾)[34]의 홍보석 열 개, 거기에 안남(安南)[35]의 공작 구십 마리와 태국의 상아 백 개가 아니면 거래할 수 없는 것입니다. 또한 어떤 자는 인어의 사랑에 겁을 내고 벌벌 떨며 도망쳤습니다. 왜냐하면 예로부터 인간이 인어의 사랑에 걸려들었다 하면 단 한 사람도 제 수명을 다한 자 없이 어느 결에 괴이한 매력의 덫에 빠져 몸도 영혼도 빨려 버리고, 어디로 갔는지 아무도 모르는 사이에 유령처럼 이 세상에서 자취를 감추고 마는 것입니다. 그래서 돈이 아깝고 목숨이 아까운 사람은 쉽사리 제 상품에 손을 내밀 수 없습니다. 저는 어렵사리 희세(稀世)의 진품을 손에 넣었으나 어느 누구도 상대해 주지 않아 오래도록 시간을 허비하고 쓸모없는 여행을 계속해야 했습니다. 만일 마카오의 상인에게서 당신에 대한 소문을 듣지 못했다면 이제 얼마 뒤에 저는 중요한 상품을 고스란히 썩혀 버릴 참이었습니다. 그 상인의 말에 의하면 제 인어를 사 줄 사람은 난징의 귀공자밖에 없다. 그이는 지금 환락을 위해 거만의 부와 젊은 목숨을 쾌척하려 하고 있으나 아낌없이 내놓기에 족할 만한 환락이 없는 것을 한탄하고 있다. 그이는 이미 지상의 미미(美味)와 미색에 진력이 나서 현실과 동떨어진 기이하고도 괴이한 환상의 아름다움을 찾고 있다. 그이야말로 반드시 인어를 사

34　현재의 베트남 북부 통킹, 하노이 지방의 옛 이름으로, 12세기경까지 중국에서 베트남인 거주 지역을 막연하게 부르던 명칭이다.

35　베트남의 다른 이름. 중국 당나라 때, 지금의 베트남 지역에 '안남 도호부'를 둔 데서 유래한다.

줄 것이라고 저에게 일러 준 것입니다."

　그 이방인은 상대가 자신의 상품을 사느냐 마느냐 하는 것에 대해서는 전혀 위구심이 없는 눈치였습니다. 그는 귀공자의 마음속을 꿰뚫고 있는 것처럼 확신에 찬 말로 이야기한 것입니다. 게다가 그의 그런 태도는 상대에게 아무런 반감도 사지 않았을 뿐만 아니라 오히려 끊기 어려운 초조한 동경의 마음까지 일게 했습니다. 귀공자는 그의 설명을 듣는 동안에 이 사내에게서 반드시 인어를 사야 한다는 명령을 받은 듯한 기분이었습니다. 자신이 이 사내에게서 인어를 사는 일은 예정된 운명처럼 느껴진 것입니다.

　"그 상인이 한 말은 진실이야. 나는 그대가 마카오 사람에게서 얘기를 들은 그대로의 사람이라네. 그대가 나를 찾았듯이 나도 그대를 찾고 있었어. 그대가 나를 믿듯이 나도 그대를 신뢰하네. 나는 그대의 상품을 조사해 볼 것도 없이 그대가 방금 말한 대가로 지금 당장 인어를 사기로 하겠네."

　귀공자의 그 말은 그 자신조차 분명히 의식하지 않은 사이에 가슴속에서 복받쳐 저절로 입 밖으로 튀어나온 것이었습니다. 그리하여 잠깐 사이에 약속한 대로 금강석과 홍보석과 공작과 상아가, 혹은 다섯 군데 창고의 뒤주 안에서 혹은 원유(苑囿)[36]의 우리 안에서 마당 앞으로 실려 나와 돌계단 아래 높직이 쌓아 올려졌습니다. 이방인은 이제 새삼

36　예전에 울타리를 치고 금수(禽獸)를 기르던 곳. 또는 초목을 심은 동산과 금수 기르는 곳을 아울러 이르던 말.

귀공자의 부와 능력에 놀라는 기색도 없이 조용히 그 보물의 수를 헤아려 본 뒤, 수레 위 가마의 포렴(布簾)[37]을 쳐들어 그곳에 홀로 쓸쓸히 묶여 있는 수인(囚人) 신세의 인어의 모습을 내보였습니다.

그 여자는 아름다운 청보석으로 만든 물 항아리 안에 유폐되어 비늘이 돋은 하반부를 뱀처럼 구불구불 유리 벽에 찰싹 붙인 채, 바야흐로 인간이 사는 밝은 곳에서 갑작스럽게 구경거리가 되는 것을 수치스러워하듯이 목덜미를 젖가슴 위로 숙이고 팔을 등 뒤 허리춤에 낀 채 몹시 괴로운 듯 앉아 있는 것이었습니다. 마침 인간과 같은 정도의 키를 가진 그 여자의 몸을 가득 차게 담아 둔 항아리의 높이는 네다섯 자쯤이나 될까요. 그 안에 영롱한 바닷물이 가득 채워져 인어가 숨을 헐떡일 때마다 무수한 거품이 수정 구슬처럼 그녀의 입에서 가늘고 길게 피어나 수면으로 떠올랐습니다. 그 물 항아리가 네다섯 명의 노비들의 손에 의해 수레 위에서 2층 내청 바닥에 자리를 잡자 실내를 비추는 수십 개의 촛불 빛은 순식간에 그 여자의 드러난 지체에 초점이 맞춰져 맑고 매끈한 인어의 살갗이 흡사 화염에 불타오르듯 한층 눈부시고 선명하게 빛났습니다.

"나는 지금까지 은근히 나 자신의 폭넓은 학식과 견문을 자랑해 왔네. 예로부터 지상에 존재하는 것이라면 제아무리 귀한 생물이라도, 제아무리 진기한 보물이라도 내가 알지 못하는 것은 없었어. 하지만 나는 여태껏 이토록 아름

37 천으로 만든 발.

다운 것이 물속에 살고 있으리라고는 꿈에도 상상한 적이 없구나. 내가 아편에 취해 있을 때 늘 눈앞에 빚어지는 환각의 세계에조차 이 유완(幽婉)[38]한 인어보다 더 월등한 괴물은 존재하지 않았어. 아마 나는 인어 가격이 지금 지불한 대가의 두 배였어도 분명 그대에게서 이 상품을 사들였을 것이야."

귀공자는 그 말만으로는 아직 자신의 가슴속에 넘치는 무한한 찬탄과 경악을 충분히 표현할 수 없었습니다. 왜냐하면 지금 자신 앞에 실려 온 냉염(冷艶)하고도 비창(悲愴)한 수중의 요마(妖魔)를 보자마자 한순간에 온몸의 신경이 얼어붙는 듯한 강렬하고 거센, 형언할 수 없는 영혼의 격진(竦震)을 느꼈기 때문입니다. 그리하여 언제까지고, 언제까지고 죽은 듯이 온몸이 뻣뻣해져서 우두커니 찬란한 물 항아리의 빛을 응시하는 사이에 어찌 된 일인지 그의 눈에는 은밀히 감격의 눈물이 글썽였습니다. 오랜만에 그토록 원했던 가슴 뛰는 흥분에 휩싸인 것입니다. 너무도 기뻐서 어찌할 바를 모르는 환희가 되살아난 것입니다. 그는 바로 어제까지 아무 의욕도 없이 따분한 세월을 탓하던 그런 사람이 더 이상 아니었습니다. 다시금 풍성한 자극의 채찍질을 받아 생의 걸음을 앞으로 내디딜 수 있는 심경을 갖게 된 것입니다.

"……나는 지상의 인간으로 태어나는 것이 이 세상에서 가장 행복한 운명이라고 생각했지. 하지만 대양의 물속

---

38 여자의 고상하고 아름다운 자태.

에 이토록 미묘한 생물이 사는 신비한 세계가 있다면 나는 오히려 인간보다 인어의 종속(種屬)으로 추락하고 싶구나. 저 괴려(瑰麗)[39]한 비늘 옷을 허리에 두르고 이런 바다 미녀와 영겁의 사랑을 즐기고 싶구나. ─ 이 미녀의 서늘한 눈동자며 짙은 흑발이며 눈처럼 흰 피부에 비하면 내가 좌우에 거느린 일곱 명의 첩은 얼마나 추하고 비천한 모습인가. 얼마나 평범하고 진부한 용자(容姿)인가."

그렇게 말했을 때, 인어는 무슨 생각을 했는지 하늘하늘 꼬리지느러미를 흔들며 숙이고 있던 얼굴을 들어 귀공자의 모습을 지그시 지켜보았습니다.

박학한 귀공자의 감식안은 서화 골동이며 공예품뿐만 아니라 예로부터 전해 오는 중국 관상술에도 정통했지만, 그는 이제야 드디어 인어의 용모를 제대로 바라보고 그 골상을 궁리하였으나 도저히 자신이 배우고 익힌 학문의 범주로는 판단할 수 없을 만큼 희유(稀有)한 특장(特長)을 발견했습니다. 그 여자는 과연 그림으로 그려진 인어처럼 물고기의 하반신과 인간의 상반신을 가진 게 틀림없었습니다. 하지만 그 상반신의 인간 부분 ─ 골격이며 살집, 얼굴 생김새, 그런 부분을 하나하나 상세히 주의해 살펴보니 평소 자신들이 익숙히 보아 온 지상의 인간 육체와는 전혀 상태를 달리하는 것이었습니다. 그가 배워 얻은 관상술의 지식은 그곳에 응용해 볼 여지가 없을 만큼 그 여자의 윤곽은 보통 여자와 그 느낌부터 전혀 달랐습니다. 이를테면 그 여

<hr>

39 보석 등이 매우 뛰어나게 아름다움.

자의 극도로 요완(妖婉)⁴⁰한 눈동자 색깔과 모양은 그가 아는 인상학(人相學)의 어떤 종류에도 맞아떨어지지 않았습니다. 그 눈동자는 유리 용기에 담긴 청렬(淸洌)한 물을 투과하여 그런지 마치 도깨비불처럼 푸르고 크게 빛났습니다. 어쩌면 눈알 전체가 수중의 물이 응고한 결정체가 아닌가 의심스러울 만큼 연한 남색으로 완벽하게 맑았습니다. 그런데 눈 안쪽은 또 달콤하고 서늘한 윤기를 품어서 깊고 깊은 영혼의 내면에서 끊임없이 '영원'을 응시하는 듯한 숭엄한 빛이 깃들어 있었습니다. 그곳에는 인간의 어떤 눈동자보다 유현(幽玄)하고 묘원(杳遠)⁴¹한 훈영(暈影)이 감돌고, 낭려(朗麗)하고도 애절한 요영(曜映)⁴²이 번뜩였습니다. 또한 그녀의 눈썹과 코의 형상은 한층 기품 있고 한층 이상한 '미(美)'를 구성하고 있는 것처럼 느껴졌습니다. 그러한 눈썹이나 코는 중국 인상학에서 귀하게 쳐주는 신월미(新月眉)나 유엽미(柳葉眉), 복서비(伏犀鼻)⁴³나 호양비(胡羊鼻)⁴⁴라는 것과는 어딘지 모양새가 달랐습니다. 하지만 그곳에는 습관적인 '미'를 훌쩍 뛰어넘는, 인간보다 신에 가까운 아름다움이 있는 것입니다. 인습적인 '원만(圓滿)'을 뛰어넘은 생멸자(生滅者)에 대한 불멸의 원만이 있는 것입니다. 그리고 그 여자가 긴 목을 서글프게 움직일 때, 암녹색 머

---

40 사람을 호릴 만큼 매우 요염하고 아리따움.

41 아련하게 은은한 모습.

42 빛이 비치는 모습.

43 무소가 너부죽이 엎드려 있는 듯한 모양의 코.

44 면양(綿羊)의 코 같은 모양의 코.

리칼은 해조처럼 하늘하늘 몸부림치고 부드러운 물결 밑을 흐늘흐늘 헤매고, 혹은 혼돈에 찬 운무처럼 여자의 이마에 흘러내리고, 혹은 현란한 공작의 꼬리처럼 위쪽으로 쫙 펼쳐졌습니다. 그 여자가 가진 '원만'은 단지 여자의 용모상에만 있는 것이 아니라 인간 모습을 한 육체의 모든 부분에서 엿볼 수 있었습니다. 목덜미에서 어깨, 어깨에서 가슴으로 이어지는 곡선의 우아한 기복, 모범적인 균정(均整)을 갖춘 양팔의 낭창낭창함, 풍윤(豊潤)한 듯하면서도 마침맞게 탱탱한 근육이 펼쳐지고 굽어질 때마다 어류의 민첩함과 수류(獸類)의 건강함과 여신의 교태가 기괴하기 짝이 없는 조화를 이루어 다섯 빛깔의 무지개가 이리저리 엇갈려 뒤섞인 듯한 환혹(幻惑)을 불러일으켰습니다. 그중에서도 가장 귀공자의 눈을 놀라게 하고, 무엇보다도 그의 마음을 황홀하게 한 것은 바로 그 여자의 순백의, 한 점 흐림도 없는 호결무구(皓潔無垢)[45]한 피부색이었습니다. 하얗다는 형용사로는 도저히 설명하기 어려울 만큼 새하얀 광택이었습니다. 그것은 너무도 지나치게 하얀 탓에, 하얗다기보다 빛이 난다고 하는 편이 적당할 만큼 온 피부의 표면이 마치 눈동자처럼 반짝이는 것입니다. 뭔가 그 여자의 뼛속에 발광체가 숨어 있어서 교교한 달빛과도 같은 것을 살갗 안쪽에서 방사하는 게 아닌가 하고 의아해질 만큼 하얀빛인 것입니다. 게다가 가까이 다가가 숙시(熟視)하면 이 영묘(靈妙)한 피부 위에는 희미하게 무수한 하얀 솜털이 촘촘히 엉켜 나선을

---

45 희고 깨끗하여 티끌 하나 없음.

그리고, 그 끝부분에 흡사 물고기 알처럼 눈에 보이지 않을 만큼 작은 거품이 하나하나 은빛 구슬로 맺혀 보석을 촘촘히 박아 넣은 경라(輕羅)[46]처럼 온몸을 뒤덮고 있었습니다.

"귀공자님, 당신은 저의 예상보다 한층 더 인어의 가치를 인정해 주셨습니다. 당신 덕분에 저는 충분한 보수를 얻고 하루아침에 거만의 부를 손에 넣었습니다. 저는 인어를 넘겨준 대신에 이처럼 동양의 보물을 수레에 싣고 다시 광둥 항으로 돌아가려 합니다. 그리하여 그곳에서 기선을 타고 머나먼 서양의 고향 땅으로 돌아갈 것입니다. 저희 나라에는 마치 당신이 인어를 진중(珍重)하듯이 이 보물을 진중하는 사람이 아주 많으니까요. ── 자아, 저의 마지막 소원으로 부디 인어에게 이별의 입맞춤을 하게 해 주십시오."

그렇게 말하면서 이방인이 물 항아리 옆으로 다가가자 물속에서 수은이 약동하듯이 인어는 스르륵 상반신을 표면에 드러내더니 양손으로 이방인의 목을 껴안은 채 뺨을 비비며 잠시 주르륵 눈물을 흘리는 것이었습니다. 그 눈물은 속눈썹 끝에서 턱을 타고 방울방울 떨어지는 사이에 사향처럼 복욱(馥郁)한 향기를 방 안 사방에 내뿜었습니다.

"자네는 인어가 아깝지 않은가. 그런 가격으로 나에게 넘긴 것을 이제 새삼 후회하지는 않는가. 자네 나라 사람들은 어찌하여 인어보다 보석을 더 진중하는 것인가. 자네는 어찌하여 이 인어를 자네 나라로 가져가려 하지 않는가."

귀공자는 이욕(利慾)을 위해 아름다운 것을 희생시킨

---

46 가볍고 얇은 비단.

채 되돌아보지 않는 천한 상인 근성을 비웃는 투로 말했습니다.

"과연 귀공자님께서 그리 말씀하시는 것도 지당합니다. 하지만 서양 여러 나라에서 인어는 그다지 진기한 것이 아닙니다. 저희 나라는 유럽 북쪽의 네덜란드라고 하는 곳입니다만 제가 태어난 도시 옆을 흘러가는 라인강 상류에 오랜 옛날부터 인어가 산다는 이야기를 어린 시절에 들었습니다. 그 여자는 인간과 같은 하반신을 가졌고 혹은 새 같은 두 다리가 달렸으며, 지중해 파도 속에도, 대륙의 산림수택(山林水澤) 사이에도 이따금 모습을 드러내 인간을 유혹하는 일이 있다는 것이지요. 저희 나라의 시인이나 화가는 끊임없이 그런 여자의 신비를 노래하고 자태를 그려 내면서, 인어의 교태 어린 미소(媚笑)가 얼마나 요염하고 인어의 매력이 얼마나 무서운지를 우리에게 가르쳐 주었습니다. 그렇기 때문에 유럽에서는 인어가 아닌 인간까지도 애써 그러한 여자의 염용(艶容)을 따라 많은 여자들이 하나같이 인어처럼 하얀 피부와 파란 눈동자와 균정한 지체를 조금씩은 갖추고 있습니다. 만일 귀공자님께서 그 말을 의심하신다면 시험 삼아 제 얼굴과 피부색을 봐 주십시오. 별 보잘것없는 저 같은 사내도 서양에서 태어난 자는 반드시 어딘가에 이 인어와 공통된 우아함과 품위를 갖고 있을 것입니다."

귀공자는 이방인의 말을 부정할 수 없었습니다. 어떻게 보든 그의 말처럼 인어와 그는 용모 중에 서로 닮은 특질을 지니고 있다는 점을 진즉부터 귀공자는 깨달았던 것입니다. 찬탄의 정도야 다르지만 그는 인어에게 매료된 것처럼 이 이방인의 인상에도 적잖이 감흥을 품었습니다. 그 사내에게는 인어와 같은 원만과 섬연(纖姸) 등은 없더라도 이윽고 그곳에 도달할 가능성이 내재되어 있는 것입니다. 그 사내는 중국 땅에 사는 누런 피부와 거무스레한 얼굴의 인간과 비교하면 오히려 인어의 종속에 가까운 생물인 것처럼 보였습니다.

작은 기선으로 전 세계 대양을 돌아다니는 서양인과 달리, 어찌 됐건 그 무렵까지도 지구 표면을 '시간'과 똑같이 무한한 것이라 믿던 동양인은 천 리 이천 리의 땅을 가는 것이 거의 백 년 이백 년의 시간을 사는 것과 마찬가지로 어려운 일이라 여겼던 것입니다. 하물며 아시아의 대국에서 자란 귀공자는 어지간히 호기심 강한 성벽(性癖)을 가졌으면서도 아득한 서쪽 하늘에 있는 유럽이라는 곳을 도깨비나 뱀이 사는 만계(蠻界)인 것처럼 상상하고 여태껏 한 번도 해외에 나가 보자는 생각 따위는 해 본 적이 없었습니다. 그런데 지금 태어나 처음으로 통절히 서양인의 풍모를 접하고 그 향국(鄕國)의 상황을 듣고서 어찌 아무 말도 없을 수 있겠습니까.

"나는 서양이라는 곳이 그토록 귀하고 아름다운 땅인 줄 알지 못했네. 자네 나라의 사내들이 모두 다 자네처럼 고상한 윤곽을 가졌고 자네 나라의 여자들은 모두 인어와 같은 백석(白晳)의 피부를 가졌다면 유럽은 참으로 정결하고 흠모할 만한 천국일 것이야. 부디 나를 인어와 함께 자네 나라로 데려가 주게. 그리하여 그곳에 사는 우월한 종속의 일원이 되게 해 주게. 나는 이미 이 나라 중국에는 볼일이 없다네. 난징의 귀공자로서 세상을 마치기보다 자네 나라의 천민이 되어 죽고 싶은 것이야. 부디 나의 부탁을 귀담아 듣고 그대가 타는 배에 함께 오르게 해 주게나."

귀공자는 열의가 지나친 나머지 이방인의 발밑에 무릎을 꿇고 외투 자락을 붙잡으며 넋이 나간 듯 줄줄줄 말했습니다. 그러자 이방인은 어딘가 섬뜩한 미소를 흘리며 귀공자의 말을 가로막고 이야기하기를,

"아니, 저는 오히려 당신이 난징에 머물면서 가능한 한 오래, 가능한 한 깊이 가엾은 인어를 사랑해 주시기를, 당신을 위해 바랍니다. 설령 유럽 사람이 제아무리 아름다운 피부와 얼굴을 가졌더라도 그들은 아마 이 물 항아리의 인어 이상으로 당신을 만족시키지 못할 것입니다. 이 인어에게는 유럽 사람이 이상으로 삼는 모든 숭고함과 모든 단려함이 구체화되어 있습니다. 당신은 여기 이 생물의 요야(姚冶)[47] 한 모습에서 유럽인의 시와 회화의 정수를 보실 수 있는 것입니다. 이 인어야말로 유럽인의 육체가 당신의 관능을 즐겁게 하고 당신의 영혼을 취하게 할 그러한 '미'의 절정을 보여 줍니다. 당신이 이 여자의 본국에 가시더라도 더 이상의 미를 찾을 수는 없습니다."

그때 이방인은 무슨 생각을 했는지 미간에 서글픈 표정을 짓고 차탄(嗟歎)하는 말투가 되어 갑작스레 화제를 바꾸었습니다.

"그리고 저는 아무쪼록 당신의 행복과 장수를 기원합

---

47 얼굴 생김새가 아름답고 요염함.

니다. 저는 당신이 이미 이 여자를 사랑한다는 것을 알고 있으니까요. 인어의 사랑을 즐기는 자에게는 일찍 화가 닥친다는 저희 나라의 전설을 당신이 실제로 깨뜨려 주시기를 기도합니다. 저는 인어의 대가로 당신의 소중한 목숨까지 받을 생각은 없습니다. 혹시 제가 다시 아시아 대륙을 찾아오는 일이 있을 때, 다행히 당신을 뵐 수 있다면 그때야말로 나는 당신을 모셔 가고자 합니다. ……하지만 그것은……, 하지만 그것은……, 저는 당신이 가엾어 견딜 수 없는 마음이 드는군요.”

그렇게 말하는가 싶더니 이방인은 다시 공손한 계수의 예를 갖추고 인어 대신 산더미처럼 쌓아 올려진 보물 수레를 이전의 당나귀에게 끌게 하고 정원 앞 어둠 속으로 자취를 감췄습니다.

귀공자의 저택은 인어를 사들인 뒤로 갑작스럽게 고요해졌습니다. 일곱 명의 첩은 자신들의 수방에 틀어박힌 채 주인 앞에 불려 나갈 기회를 잃었고, 밤이면 밤마다 위층 아래층을 떠들썩하게 했던 가무연락(歌舞宴樂)의 울림도 뚝 그쳐 궁전에서 일하는 사람들은 모두 탄식을 할 뿐이었습니다.

“그 이방인은 참으로 사위스럽고 수상쩍은 자야. 또한 참으로 기체(奇体)한 마물을 팔아 치우고 가 버렸어. 머지않아 뭔가 잘못된 일이 생기지 않는다면 참으로 다행이겠네만.”

그들은 서로를 마주 보며 속닥거렸습니다. 어느 누구도 물 항아리가 자리 잡은 내방의 장막을 열고 인어 곁으로 다가가지 않았습니다.

그 곁에 다가가는 자는 주인인 귀공자뿐인 것입니다. 유리판 한 장을 두고 서로 떨어져 물속에서 헐떡이는 인어와 물 밖에서 고뇌하는 인간은 온종일 묵묵히 마주한 채, 한 사람은 물 밖에 나가지 못하는 운명을 한탄하고 한 사람은 물속에 들어가지 못하는 부자유를 원망하며 헛헛하고 하릴없는 시간만 흘려보내는 것이었습니다. 이따금 귀공자는 답답한 듯 유리 벽 주위를 빙빙 돌며 억지로 여자에게 반신이나마 항아리 밖으로 몸을 드러내 달라고 부탁했습니다. 하지만 인어는 귀공자가 다가가면 다가갈수록 점점 더 단단히 어깨를 움츠리고 마치 겁에 질린 듯 물 밑바닥에 납작 엎드렸습니다. 밤이 되면 그녀의 눈에서 떨어지는 눈물이 과연 이방인의 말대로 진줏빛 광명을 내뿜으며 캄캄한 실내에 반딧불처럼 형형하게 빛났습니다. 그 푸르스름하고 깨끗한 물방울이 점점이 떨어져 물속을 떠돌아다닐 때, 그러지 않아도 요교(夭姣)[48]한 여자의 지체는 넓은 하늘의 별에 감싸인 항아(姮娥)[49]처럼 정결하고 기품 있게, 야음의 귀화(鬼火)에 비친 유령처럼 참으로 저주스럽고 사무치게 귀공자의 마음에 다가왔습니다.

어느 날 밤의 일이었습니다. 귀공자는 너무도 안타깝고 슬퍼서 따끈히 데운 사오싱주(紹興酒)[50]를 옥잔에 따라 창자

---

48 예쁘고 아리따움. '夭'는 사람이 머리를 갸우뚱하고 요염하게 교태를 부리는 모양을 본뜬 글자.

49 중국 고대 전설에서 달에 산다고 알려진 선녀.

50 중국 저장성(浙江省) 사오싱 지역에서 생산되는 유서 깊은 찹쌀 발효주.

를 태울 듯 강한 액체가 온몸에 속속 퍼지는 것을 즐기고 있는데, 그때까지 해삼처럼 물속에 잔뜩 웅크리고 있던 인어가 따뜻한 술 향기가 그리웠는지 돌연 수면에 둥실 떠올라 양팔을 길게 항아리 밖으로 내미는 것이었습니다. 귀공자가 시험 삼아 손에 든 술을 그녀의 입가로 가져가자 그녀는 저절로 자신을 잊고 진홍의 혀를 내밀고 해면 같은 입술을 술잔에 댄 채 한 번에 다 마셔 버렸습니다. 그리고 이를테면 저 오브리 비어즐리[51]가 그린 「춤의 대가(The Dancer's Reward)」라는 제목의 그림 속 살로메처럼 으스스한 쓴웃음을 내보이고 쉴 새 없이 목을 울리며 다음 술잔을 재촉했습니다.

"네가 그토록 술을 좋아한다면 얼마든지 마시게 해 주마. 차가운 바다 물결에 잠긴 너의 혈관에 거센 취기가 불타오른다면 필시 너는 한층 아름다워지리라. 한결 인간다운 친밀함과 사랑스러움을 보여 주리라. 너를 나에게 팔고 떠난 네덜란드인의 말에 의하면 너는 인간이 짐작할 수 없는 신통력을 갖고 있다고 하지 않았더냐. 너에게는 배덕의 악성이 있다고 하지 않았더냐. 나는 너의 신통력을 보고 싶구나. 너의 악성을 접하고 싶구나. 네가 참으로 신비한 마법을 안다면 최소한 오늘 하룻밤만이라도 인간의 모습으로 변해 다오. 네가 실제로 방자한 정욕을 갖고 있다면 그렇게 울고만 있지 말고 어서 나의 사랑을 들어다오."

귀공자가 그렇게 말하며 잔 대신 자신의 입술을 가져

---

51 Aubrey Beardsley(1872~1898): 영국의 삽화가. 세기말의 병적인 우울과 퇴폐, 쾌락을 그려 낸 탐미주의 운동의 주요 인물이다. 로트렉과 일본 우키요에, 오스카 와일드의 영향을 받아 특유의 섬세한 화풍을 완성하였다.

가자 요묘(窈渺)[52]한 인어의 미목(眉目)이 거울에 입김을 훅 불어넣은 듯 순식간에 흐려지면서,

"귀공자님, 부디 나를 용서해 주세요. 부디 나를 불쌍히 여겨 용서해 주세요."

라고 돌연 명료한 인간의 언어를 말하는 것이었습니다.

"……나는 지금 당신이 베풀어 주신 한 잔 술의 힘을 빌려 가까스로 인간의 언어를 말하는 신통력을 회복했습니다. — 나의 고향은 네덜란드인이 말했듯이 유럽의 지중해에 있습니다. 당신이 앞으로 서양에 가시는 일이 있다면 꼭 남유럽의 이탈리아라는, 아름다운 가운데서도 특히 아름다운, 그림 같은 경치의 나라를 찾으시겠지요. 그때 만일 배를 타고 메시나 해협을 지나 나폴리 항구 앞바다를 지나가는 일이 있다면 바로 그 근처가 우리 인어 일족이 예로부터 서식하는 곳입니다. 옛날에는 뱃사람이 그 근해를 항해하노라면 세상에 없이 묘한 인어의 노래가 어디선가 들려와 어느 결에 그들을 바닥 모를 깊은 물속으로 끌어들였답니다. — 나는 그토록 사랑스러운 나의 거처를 가졌으면서도 정확히 작년 4월 말, 따스한 봄 물결을 타고 깜빡 생각 없이 남양의 섬나라까지 길을 잃고 헤맸습니다. 그리고 어느 바닷가 야자나무 잎 그늘에서 지느러미를 쉬고 있던 참에 분하게도 인간의 사냥감이 되어 아시아 각 나라의 시장이라는 시장마다 수치스러운 맨살을 내보이고 다녔습니다. 귀공자님, 부디 나를 불쌍히 여겨 한시라도 빨리 나의 몸을 넓디넓

---

52 맑고 아련함.

은 자유로운 바다에 풀어 주세요. 설령 내가 아무리 신통력을 갖고 있다 해도 비좁은 물 항아리 속에 붙잡혀 있어서는 어찌 해 볼 도리가 없답니다. 나의 목숨과 나의 미모는 점점 시들어 갈 뿐입니다. 당신이 인어의 마법을 꼭 보고 싶다면 부디 나를 그리운 고향에 돌려보내 주세요.”

“네가 그토록 남구의 바다를 그리워하는 것은 분명 너에게 연인이 있기 때문일 것이야. 지중해 파도 밑에 똑같이 인어의 형상을 가진 아름다운 사내가 밤낮으로 너를 기다리고 있겠지. 그러지 않고서야 네가 이토록 나를 싫어할 리가 없어. 매정하게도 내 사랑을 뿌리치고 고향에 돌아갈 리가 없어.”

귀공자가 원망의 말을 하는 동안 인어는 얌전히 눈을 감고 고개를 숙인 채 귀를 기울이고 있었지만 이윽고 낭창낭창한 두 팔을 뻗어 귀공자의 어깨를 부여잡았습니다.

“아아, 당신처럼 세상에 없이 아름다운 젊은이를 내가 어찌 싫어할 수 있을까요. 어찌 당신을 사랑하지 않고 버티는 매정한 마음을 품을 수 있을까요. 내가 당신을 연모하며 애태운다는 증거로, 자아, 어서 내 가슴의 두근거림을 들어 보세요.”

인어는 휙 꼬리를 돌려 물 항아리 가장자리에 등을 대는가 싶더니 곧바로 상반신을 활처럼 위로 젖히고 주르륵 물이 흐르는 긴 머리를 바닥에 끌며 나무에 매달린 원숭이처럼 아래쪽에서 귀공자의 목을 끌어안았습니다. 그러자 신기하게도 인어의 살과 맞닿은 귀공자의 목덜미가 마치 얼음을 댄 듯 한기에 휩싸이더니 한순간에 그 자리가 얼어붙으며 무감각해져 갔습니다. 그를 껴안은 인어의 힘이 강할수록 순백의 피부에 내재된 냉빙(冷氷)의 기운이 귀공자의 뼈에 스며들어 골수를 꿰뚫고 사오싱주의 취기로 뜨거워졌던 온몸을 순식간에 마비시켰습니다. 그 차가움을 견디다 못해 자칫하면 귀공자가 동사하려는 찰나, 인어는 그의 손목을 잡아 가만히 그녀의 심장 위에 얹었습니다.

"나의 몸은 물고기처럼 차가워도 나의 심장은 인간처럼 따스하답니다. 이것이 내가 당신을 사랑하고 있다는 증거랍니다."

그녀가 그렇게 말했을 때, 문득 귀공자의 손바닥은 한 덩어리의 눈 속에서 활활 타오르는 불길 같은 열기를 느꼈습니다. 정확히 인어의 왼쪽 가슴을 쓰다듬은 그의 손끝은 늑골 아래에서 두근두근 뛰노는 심장의 활기를 받아 자칫 움직임이 멈추려던 온몸 혈관에 다시 생생한 순환을 일으켰습니다.

"나의 심장은 이토록 뜨겁고 나의 열정은 이토록 거세게 솟구치지만 내 살갗은 끊임없이 저주스러운 한기에 떨고 있답니다. 그리하여 어쩌다 아름다운 인간의 모습이 눈에 들어와도 인어로 태어난 비참한 숙업(宿業)의 응보에 의해 그 사람을 사랑하는 것이 영원히 금지되어 있습니다. 내가 아무리 당신을 흠모하고 동경하여도 신의 저주를 받아 바닷속 어족으로 추락한 몸으로는 오로지 번뇌의 불길에 미쳐 날뛰고 망상의 노예가 되어 몸부림치며 괴로워할 뿐이랍니다. 귀공자님, 부디 나를 대양의 내 집으로 돌려보내 이 안타까움과 수치스러움을 면하게 해 주세요. 푸르고 차가운

파도 밑에 숨어 버리면 나는 내 운명의 슬픔과 괴로움을 잊을 수 있겠지요. 이 소원만 들어주신다면 나는 마지막 보은으로 당신 앞에 신통력을 보여 드리겠습니다.”

"오오, 어서 너의 신통력을 보여다오. 그 대신 나는 어떤 소원이든 들어줄 터이니?”

라고 깜빡 귀공자가 말을 내뱉자 인어는 참으로 기쁘다는 듯 두 손을 맞대고 몇 번이나 엎드려 절하면서,

"귀공자님, 그러면 나는 이제 그만 작별하려 합니다. 내가 지금 마법을 써서 모습을 바꿔 버리면 당신은 그것을 몹시도 후회하겠지요. 만일 당신이 다시 한 번 인어를 보고 싶다면 유럽행 기선을 타고 배가 남양의 적도선을 지나갈 때, 달빛 좋은 날 밤 갑판 위에서 아무도 모르게 나를 바다에 풀어 주세요. 나는 틀림없이 파도 사이에 다시 인어의 모습을 드러내 당신에게 감사 인사를 드릴 거예요.”

그렇게 말하는가 싶더니 인어의 몸은 해파리처럼 색이 옅어지다가 이윽고 얼음이 녹는 것처럼 사라지고 그 자리에 두세 자의 작은 바다뱀이 물 항아리 안에서 뛰어오르고 곤두박질치고 녹청색 등을 번뜩이며 헤엄치고 있었습니다.

인어가 일러 준 대로 귀공자가 홍콩에서 영국행 기선에 오른 것은 그해 봄 초입의 일이었습니다. 어느 날 밤, 배가 싱가포르 항을 출발하여 적도선을 달려갈 때, 갑판에 쏟아지는 환한 달빛을 받으며 인기척 없는 뱃전으로 나아간 귀공자는 품에서 가만히 작은 유리병을 꺼내 그 안에 봉해져 있던 바다뱀을 꺼냈습니다. 뱀은 이별을 아쉬워하듯이

두세 번 귀공자의 손목을 휘감았지만 곧 그의 손끝을 떠나 기름 같은 고요한 바다 위를 잠시 스르륵 미끄러져 갔습니다. 그리고 달빛이 부서지는 황금빛 염파(濺波)[53]를 가르고 가느다란 비늘을 반짝이며 꿈틀거리는 어느 틈엔가 물속으로 자취를 감춰 버렸습니다.

그리고 불과 오륙 분이 지났을 무렵입니다. 묘망(渺茫)[54]한 저 먼바다의 가장 눈부시고 가장 날카롭게 반사하는 물의 표면에 은빛 비말을 첨벙 일으키며 날치가 펄쩍 뛰어오르듯 몸을 뒤치는 정한(精悍)[55]한 생물이 있었습니다. 천상의 옥토끼가 바다에 떨어졌는가 하고 의심스러워질 만큼 교교(皎皎)히 빛나는 요요(妖嬈)한 자태에 놀라 귀공자가 그쪽을 돌아본 순간, 인어는 벌써 온몸의 반 이상을 연파(煙波)에 묻고 두 손을 높직이 치켜들며 "아아." 하고 한 차례 애통하게 흐느껴 우는 소리[56]를 내뱉고 수중에 빙글빙글 소용돌이를 휘감으며 서서히 잠겨 들었습니다.

배는 귀공자의 가슴속에 일루의 희망을 실은 채 그립고 사랑스러운 유럽 쪽으로, 인어의 고향인 지중해 쪽으로, 차츰차츰 항로를 달려 나가는 것이었습니다.

---

53 출렁거리는 파도.
54 한없이 넓고 끝이 없는 모양.
55 날쌔고 씩씩함.
56 애유일성(哎呦一聲).

마술사

내가 그 마술사를 어느 나라 어떤 이름의 도시에서 만났었는지 지금은 확실히 기억나지 않습니다. ― 어쩌면 그건 일본의 도쿄인 것 같기도 합니다만, 어느 때는 다시 남양이나 남미의 식민지였던 듯한, 혹은 중국이거나 인도 어디쯤의 선착장이었던 듯한 마음도 드는 것입니다. 어찌 되었든 그것은 문명의 중심지라 할 유럽과는 한참 떨어진, 지구 한 귀퉁이에 위치한 나라의 수도이고, 게다가 지극히 은부(殷富)한 시가지의 일곽, 몹시 북적거리는 밤의 번화가였습니다. 하지만 당신이 그 장소의 성격이나 광경이나 분위기에 관해 좀 더 명료한 관념을 얻고 싶다면, 뭐 나는 간단히 아사쿠사 6구[57]와 비슷하다, 그것보다 좀 더 신비롭고 좀

---

[57] 공식 명칭은 아사쿠사 공원 6구(浅草公園六区)이다. 1883년에 아사쿠사 절의 서측을 파내 대규모의 연못을 만들고, 그 흙으로 서측과 남측에 택지를 조성한 도쿄의 환락가. 연극장과 활동사진관, 오페라 상설관 등이 즐비한 서양 신문화의 거리이기도 했다.

더 어수선한, 그리고 좀 더 퇴폐한[58] 공원이었다고 말해 두도록 하겠습니다.

만일 당신이 아사쿠사의 공원과 비슷하다는 설명을 듣고 거기서 아무런 아름다움도, 반가움도 느끼지 않고 오히려 불쾌하고 오예(汚穢)한 지역을 연상하셨다면 그것은 당신의 '미(美)'에 대한 사고방식이 나와 완전히 다른 탓입니다. 나는 물론 12층탑[59] 아래 둥지를 튼 'venal nymph(부패한 요정)' 무리를 가리켜 아름답다고 하는 것은 아닙니다. 내가 말하는 것은 그 공원 전체의 분위기에 대한 것입니다. 암흑한 동굴을 이면에 두고 있으면서도 앞쪽으로 돌아서면 항상 명랑하고 즐거운 얼굴 표정을 하고 호기심에 찬 대담한 눈빛을 반짝이며 밤이면 밤마다 짙은 화장을 자랑하는 공원 전체의 정취를 말하는 것입니다. 선도 악도, 아름다움도 추함도, 웃음도 눈물도 모두 한데 녹여내고 점점 더 교묘한 현혹의 빛을 내뿜고 현란한 색채가 넘쳐 나는 거대한 공원의 바다와도 같은 장관을 말하는 것입니다. 그리고 지금 내가 이야기하려고 하는 어느 나라의 어느 공원은 거대함과 혼탁함이라는 점에서 6구보다 한층 더 6구 같은, 괴이하고 살벌한 지역이었던 것으로 기억합니다.

아사쿠사의 공원을 악취 진동하는 역겹고 속악한 장소라고 느끼는 사람에게 그 나라의 공원을 보여 주었다면 과연

---

58 퇴란(頹爛).

59 1890년에 건설된 료운카쿠(凌雲閣)를 말한다. 통칭 '아사쿠사 12층'이다. 당시로서는 최신의 고층 빌딩으로, 상층 전망대는 아사쿠사 지역은 물론 도쿄에서도 손꼽히는 관광 명소였다. 1923년의 간토 대지진으로 붕괴, 이후 철거되었다.

뭐라고 말할까요. 그곳에는 속악 이상의 야만과 불결과 궤패 (潰敗) 등이 도랑에 하수가 고인 것처럼 퇴적되어 낮에는 열대의 백일하에, 밤에는 휘황한 등불 빛에 딱히 부끄러워할 것도 없이 모습을 고스란히 드러낸 채 끊임없이 악취를 폭폭 발효하는 것입니다. 하지만 중국요리 피단(皮蛋)[60]의 맛을 이해하는 사람은 암녹색으로 삭아 문드러진 오리 알의, 가슴이 메슥거릴 듯한 이상한 냄새를 자꾸자꾸 파고들면서 그 안에 담긴 깊고 진득한 향[61]의 농후한 맛[62]에 입맛을 다시는 것입니다. 내가 처음 그 공원에 갔을 때도 마침 그것과 똑같은 듯한, 어쩐지 으스스한 재미에 휩싸였습니다.

여하튼 초여름 저녁의 시원한 바람이 불어올 때쯤이었습니다. 그 도시의 한 카페에서 내가 연인과 즐거운 만남을 가진 뒤에 팔짱을 끼고 전차며 자동차며 인력거가 쉴 새 없이 오가는 거리를 정답게 산책하던 참이었습니다.

"당신, 오늘 밤에 공원에 가 보지 않을래요?"

그녀가 돌연 저 요염하고 큼직한 눈동자를 또렷하게 치켜뜨며 내 귓가에 속삭였습니다.

"공원? 공원에 뭐가 있는데?"

나는 조금 놀라서 물었습니다. 왜냐하면 나는 지금까지 그 도시에 그런 공원이 있다는 사실을 알지 못했을 뿐만 아니라 그때 그녀의 말에는 어딘지 모르게 수상쩍은 기색이

---

60 오리알이나 달걀을 진흙과 재, 소금, 석회를 쌀겨와 함께 섞은 데에 삭혀서 만든 요리. 노른자는 까맣게, 흰자는 갈색 젤리 상태가 된다.

61 방울(芳鬱).

62 우미(渥味).

숨겨져 있어서, 말하자면 비밀스러운 장난에 끌어들이려는 것처럼 들렸기 때문입니다.

"아무래도 당신은 그 공원을 아주 좋아할 것 같아요. 처음에 나는 그 공원이 몹시 무서웠어요. 아가씨 처지에 그런 공원에 드나드는 걸 치욕이라고 생각했던 거죠. 그런데 당신을 사랑하게 된 뒤부터 어느새 당신의 감화를 받아 그런 곳에 형언할 수 없는 흥미를 느끼게 되었어요. 당신을 만나지 못해도 그 공원에 놀러 가면 마치 당신을 만난 것처럼 느껴지기 시작했어요. ……당신이 아름다운 것처럼 그 공원이 아름다운 거예요. 당신이 유별난 것을 좋아하는 것처럼 그 공원도 아주 유별나거든요. 당신, 설마 그 공원을 모르시는 건 아니겠지요?"

"응, 알지. 알아."

나도 모르게 대답했습니다. 그리고 다시 이렇게 말했습니다.

"……그곳에는 분명 다양하고 진기한 구경거리가 있겠지. 전 세계의 기적이라는 기적이 모두 모여 있을 거야. 그곳에는 고대 로마에서나 볼 수 있는 원형 극장도 있고, 스페인의 투우도 있고, 그보다 좀 더 엉뚱하고 좀 더 요려(妖麗)한 히포드롬(Hippodrome)[63]도 있을 거야. 그리고 내가 아주 좋아하는, 예쁘고 사랑스러운 당신보다 더 좋아하는 활동사진이 있겠지. 그리고 전 세계 사람들의 호기심을 준동

---

63 고대 그리스의 원형 경기장. 근현대에는 특히 곡마장, 콘서트 공연장 등을 가리킨다.

했던 저「팡토마스(Fantômas)」[64]나「프로테아(Protea)」[65]보다 더 소름 끼치는 온갖 영화 필름이 백주의 환영처럼 선명하게 상영되고 있겠지.”

　“나는 지난번에 그곳 활동사진관에서 당신이 평생 탐독해 온 그 옛날 시인 예술가의 유명한 시편과 희곡의 영화를 몇 편이고, 몇 편이고 봤답니다. 호메로스의『일리아드』, 단테의『지옥』같은 활동사진은 아마 당신도 아시겠지요. 하지만 당신은 중국 소설『서유기』에서 서량여국(西梁女國)의 염마(艶魔)의 미소(媚笑)를 보신 적이 있나요? 그리고 미국의 에드거 앨런 포가 지은 공포와 광상(狂想)과 신비의, 교치(巧緻)한 실로 자아낸 기이한 이야기 몇 편이 필름 위에 펼쳐져 바로 눈앞에 나타난 공포를 예전에 상상해 본 적이 있나요?「검은 고양이(The Black Cat)」의 전율할 만한 지하실의 정황이나「함정과 진자(The Pit and the Pendulum)」의 암담한 감옥 상황이 소설보다 더 무시무시하게, 실제보다 더 선명하게, 강렬하고도 분명하게 비춰지는 순간의 기분을 느껴 보세요. 게다가 그런 환등극(幻燈劇)을 아무 말 없이 조용하게 구경하는 수백 명의 관객들이 하나같이 악몽에 가위눌린 듯 식

64　1911년부터 1913년까지, 프랑스의 피에르 수베스트르와 마르셀 알랭이 공동 집필한 범죄 추리 소설 시리즈 『팡토마스』를 이른다. 전 32권이 출간되어 압도적 인기를 끌었다. 줄줄이 영화화되어 일본에는 1915년에 첫 다섯 편이 수입되었고, 일본 최초의 영화 전문 극장 아사쿠사의 덴키칸(電氣館)에서 상영되었다.

65　1913년에 제작된 프랑스의 범죄 추리 영화. 당시 일본에서는 활동사진관(영화관) 붐을 타고「팡토마스」,「지고마(Zigomar)」와 함께 큰 인기를 끌었다. 몸에 꼭 맞는 검은 타이츠를 입은 여도적이 주인공이다.

은땀을 흠뻑 흘리고, 여자는 남자의 팔에 안겨 들고 남자는 여자의 어깨에 달라붙어 이를 악물고 파르르 떨면서 일심으로 집요하게, 흥분한 겁에 질린 눈동자를 영화 위에 쏟아붓는 거예요. 그들은 이따금 열에 들뜬 병자 같은 희미한 탄식을 흘릴 뿐, 기침 한 번 눈 깜빡임 한 번 하려는 자가 없답니다. 그런 짓을 할 틈이 없을 만큼 그들의 영혼은 경이로 가득하고 그들의 몸은 바짝 굳어 버린 것이지요. 어쩌다 지나친 명백함을 견디지 못해 얼굴을 돌리고 도망치려는 자가 생기면 캄캄한 관객석의 어디에선지도 모르게 미친 듯 요란한 박수 소리가 일어납니다. 그러면 박수는 순식간에 사방으로 미만(瀰漫)해져, 내심 여차하면 도망치려고 엉거주춤 몸을 일으켰던 자들까지 합세해 영화관 건물이 흔들릴 만큼 요란한 소리를 내고 한참이나 장내에 울려 퍼진답니다.”

그녀가 말하는 도발적이고 교묘한 서술은 한 마디 한 마디가 넓은 하늘의 무지개처럼 정세(精細)하게 명료한 환영을 내 가슴속에 불러일으켜 나는 이야기를 듣는다기보다 오히려 영화를 보는 듯한 눈부심을 느꼈습니다. 동시에 나는 그 공원에 지금까지 몇 번이나 가 본 적이 있는 것처럼 느껴졌습니다. 적어도 그녀가 구경했다는 그런 다양한 환등은 내 마음의 벽면에 망상인지 사진인지 그때그때 몽롱하게 떠올라 나의 주시를 자꾸 재촉했습니다.

“하지만 아마 그 공원에는 좀 더 예리하게 우리의 영혼을 위협하고 좀 더 새롭게 우리의 관능을 현혹하는 뭔가가 있겠지? — 유별난 것을 좋아하는 나조차 꿈에도 생각해 본 적 없는 전대미문의 흥행물이 있을 거야. 나는 그것이 무엇인지 모르지만 당신은 필시 알고 있는 게 틀림없어."

"그렇답니다. 나는 알고 있어요. 그건 요즘 공원 연못 가에 가설무대를 설치한 젊고 아름다운 마술사예요."

그녀는 즉각 대답했습니다.

"나는 이따금 그 가설극장 앞을 지나쳤지만 아직 한 번도 안에 들어가 본 적이 없었어요. 그 마술사의 자태와 얼굴은 너무도 눈부시게 아름다워서 연인을 가진 자는 가까이하지 않는 게 안전하다고 거리의 사람들이 말했거든요. 그 사람이 연출하는 마법은 이상하다기보다 요염하고 신기하다기보다 끔찍하고 교치(巧緻)하다기보다 간악한 요술이라고 많은 사람들은 숙덕거립니다. 하지만 가설극장 입구의 차가운 철문을 넘어 한번 마술을 보러 갔던 자는 반드시 그게 고질병이 되어 매일 저녁마다 찾아가죠. 왜 그토록 보고 싶은지 그들 스스로도 알지 못해요. 분명 그들의 영혼까지 마술에 걸려 버린 것이라고 나는 짐작하고 있답니다. — 하지만 설마 당신은 그 마술사를 두려워하시진 않겠지요? 인간보다 귀매(鬼魅)를 애호하고 현실보다 환각에 살아 가는 당신이 평판 높은 공원의 마술을 구경하지 않을 수는 없겠지요. 설령 어떤 신랄한 저주나 주술을 걸더라도 연인인 당신과 함께 보러 가는 것이라면 나도 결코 유혹에 넘어가지 않을 거예요……"

"유혹을 하면 그 유혹에 넘어가 주는 것도 좋지 않을까? 그 마술사가 그토록 아름다운 사내라면."

나는 그렇게 말하고 봄 들판에서 지저귀는 종달새처럼 쾌활한 소리로 껄껄 웃었습니다. 하지만 그다음 순간에 퍼뜩 가슴속에 솟구친 옅은 불안과 가벼운 질투의 배신으로 금세 말이 거칠어지지 않을 수 없었습니다.

"그렇다면 지금 당장 공원에 가 볼까? 우리 영혼이 마법에 걸리는지 마는지 당신과 함께 그 사내를 시험해 보자."

두 사람은 어느새 동네 한가운데 자리한 큰길의 대분수 근처를 헤매고 있었습니다. 분수 주위에는 우윳빛 대리석 돌담이 관(冠)처럼 원형을 만들고, 한 간마다 서 있는 여신상의 발치에서 샘물은 졸졸졸 넘쳐 나 끊임없이 너른 하늘의 별을 향해 뿜어 올려져 아크등 불빛 속에 무지개가 되고 운무가 되어 밤공기 사이에서 주룩주룩 흐느껴 울고 있는 것입니다. 어느 울창한 가로수 그늘 벤치에 자리를 잡고 앉아 잠시 길거리의 인파를 바라보던 나는 곧바로 그곳의 잡담에서 이상한 현상이 나타나는 것을 발견했습니다. 거리 사방에서 사거리 분수를 향해 모여든 네 줄기의 도로는 모두 저녁나절의 산책을 즐기는 군중으로 북적거렸는데, 그 사람들 거의 모두가 똑같은 방향을 목표로 느릿느릿 완만하게 흘러가는 것입니다. 남과 북과 서와 동의 도로 중 남쪽 한 줄기를 빼고 그 밖의 세 개의 선을 걷는 자는 일단 남김없이 사거리 광장에서 합류한 뒤, 이번에는 좀 더 농밀한 무리를 만들어 새까맣고 굵직한 열을 이루며 남쪽 입구로 줄줄이 밀려갔습니다. 그리하여 지금 분수 옆 벤치에서 쉬고 있는 우리 두 사람은, 말하자면 대하의 한복판에 정체된 풀숲 모래섬처럼 조용히 주위 사람들에 뒤처져 남겨졌습니다.

"보세요, 저렇게나 많은 사람들이 모두 공원으로 빨려들고 있죠. ─ 자, 우리도 어서 가요."

그녀는 그렇게 말하고 다정히 내 등을 감싸며 자리에서 일어섰습니다. 두 사람은 아무리 떠밀려도 따로 떨어지지 않게 쇠사슬처럼 단단히 팔짱을 끼고 인파 속에 섞였습니다.

　　한참 동안 나는 그저 무수한 인간의 구름 속을 마지못해 떠밀려 나아갔습니다. 앞쪽을 보니 공원은 의외로 가까운 곳에 있는지 찬란한 일루미네이션의 파랑, 빨강, 노랑, 보라의 광망(光芒)이 사람들의 머리에 눌어붙을 만큼 낮은 곳에서 담담하게 반짝였습니다. 도로 양쪽에는 청루 유곽인지 요릿집인지 알 수 없는 삼층, 사층의 누각이 줄줄이 이어졌고, 화려한 기후(岐阜) 초롱불이 산호 머리 장식처럼 잇따라 내걸린 발코니 위를 보니 술 취한 남녀 손님이 광태(狂態)를 보이다 못해 야수처럼 날뛰고 있었습니다. 그들 중 어떤 자는 거리 위의 군중을 내려다보며 농담을 던지고 온갖 못된 욕을 퍼붓고 드물게는 침을 뱉었습니다. 그들은 모두 세상 평판을 잊고 수치심을 잊은 채 춤추며 짓까불었고, 엉망진창의 난장을 친 끝에 곤약처럼 흐늘흐늘해진 사내하며 아수라처럼 머리를 흐트러뜨린 여자하며, 모두 노대 난간에서 인파 위로 거꾸로 떨어져 내려오는 것입니다. 그리고 순식간에 구경꾼들에게 얼굴을 마구 쥐어뜯기고 옷가지는 너덜너덜 찢겨, 어떤 자는 비명을 내지르고 어떤 자는 숨이 끊겨 시해(屍骸)같이 되어 물에 뜬 바닷말처럼 한없이 한없이 실려 갔습니다. 나는 내 앞에 떨어진 한 사내가 물구나무서서 두 개의 정강이를 말뚝처럼 드러낸 채 멈출 도리 없이 흘러가는 모습을 보았습니다. 그 사내의 다리는 사방팔방에서 나타난 무뢰

한의 손에 의해, 우선 처음에는 구두가 벗겨지고 그다음에는 바지가 너덜너덜 찢기고 마지막에는 버선까지 발가벗겨져 얻어맞고 꼬집히는 것이었습니다. 또한 술살이 뚱뚱하게 오른 여자를 조반니 세간티니[66]의 「음락(淫樂)의 보상(The Punishment of Lust)」이라는 그림 속 인물 같은 꼴로 헹가래 치면서 "이영차 이영차!" 하고 떠메고 가는 모습도 가관이었습니다.

"이 거리 사람들은 모두 정신이 나간 것 같아. 오늘 무슨 축제라도 있는 건가?" 나는 연인을 돌아보며 말했습니다.

"아뇨, 오늘뿐만이 아니에요. 이 공원에 오는 사람들은 일 년 내내 이렇게 소란을 피운답니다. 항상 이렇게 술에 취해 있죠. 이 거리를 지나가는 자들 중에 제정신을 가진 사람은 당신과 나뿐이에요."

그녀는 변함없이 정숙하고 성실한 말투로 살짝 내게 알려 주었습니다. 어떤 소란스럽고 떠들썩한 거리에 들어서더라도, 어떤 난맥의 경지에 처하더라도 항상 얄미울 정도로 천성적인 침착함과 순결한 열정을 잃지 않는 그녀는 악마의 무리에 에워싸인 단 한 명의 여신처럼 정결하고 고귀하게 내 눈에 비쳤던 것입니다. 나는 그녀의 투명한 눈동자를 보며 불어치는 태풍에 거울처럼 영롱하게 맑아진 가을 하늘을 연상하지 않을 수 없었습니다.

두 사람은 인파에 이리 치이고 저리 치이며 한 자 거리

---

66 Giovanni Segantini(1858~1899): 이탈리아의 화가. 신인상주의 기법으로 표현한 알프스 풍경화와 우의화로 유명하다.

를 한 치씩 나아가 바로 코앞에 있는 공원 입구에 마침내 도착하기까지 한 시간 넘게 걸린 듯했습니다. 그곳까지 빽빽하게 밀집해서, 마치 거대한 지네가 기어가듯 밀려온 사람들은 문안의 광장에 도달하자 이윽고 삼삼오오 떨어져 저마다 원하는 방향으로 흩어졌습니다. 공원이라고 해도 눈에 보이는 한, 언덕도 없고 숲도 없이 인공의 극치를 드러낸 기괴한 형태의 대하고루(大廈高樓)가 요정 나라의 수도처럼 기와지붕 즐비하게, 수백만 개의 등불을 켜 놓고 외외(巍巍)하게 우뚝 솟아 있는 것이었습니다. 광장 한복판에 망연히 멈춰 선 채 그 장관을 둘러본 나는 우선 무엇보다 하늘 중간에 번쩍거리는 'Grand Circus'라는 옥외 광고물의 일루미네이션에 넋을 빼앗겼습니다. 그것은 족히 직경 몇십 길은 될 만큼 지극히 방대한 관람차 같은 것으로, 정확히 차축이 있는 자리에 '그랜드 서커스'라는 글자가 적혀 있었습니다. 그리고 수십 개의 수레바큇살을 온통 뒤덮은 전구는 환하게 빛나는 광선을 쏘고, 마치 허공에 거인의 꽃우산을 펼친 듯한 환(環)을 그리며 천천히, 웅대하게 돌아갑니다. 게다가 한층 더 놀라운 것은 거의 맨살이나 마찬가지인 몸에 경라(輕羅)를 걸친 수백 명의 남녀 곡마단 단원이 활활 타오르는 불기둥을 타고 올라가면서 수레바퀴가 돌아가는 대로 위쪽 바큇살에서 아래쪽 바큇살로 끊임없이 차례차례 건너뛰는 모습이었습니다. 멀리서 그것을 바라보면 차바퀴 전체에 대롱대롱 매달린 사람들이 불 가루가 쏟아지듯이, 천사가 춤추듯이 옷자락을 펄럭이며 환한 밤하늘을 비상하는 것입니다.

내 주의를 끈 것은 그 수레바퀴뿐만이 아니라 거의 공원 전체를 뒤덮은 공중 곳곳에 기괴한 것, 익살스러운 것, 요려한 것들을 빚어낸 빛의 공작물이 영원히 사라지지 않는 불꽃처럼 굼실굼실 번쩍번쩍 꿈틀꿈틀 빛나는 광경이었습니다. 만일 그 하늘의 장관을 료고쿠 강변 불꽃놀이 축제[67]에 환희하는 도쿄 시민이나 다이몬지야마의 불[68]을 진귀하게 여기는 교토 주민에게 보여 준다면 얼마나 깜짝 놀랄까요. 내가 그때 언뜻 둘러본 것만 해도 아직까지 잊히지 않을 만큼 수없이 대담한 도안과 교치한 선상으로 이루어져 있었습니다. 예컨대 그것은 마치 인간을 뛰어넘는 신통력을 가진 악마가 있어서 하늘의 장막에 마음 내키는 대로 낙서를 시도했다고 형용할 수 있겠지요. 혹은 세계 최후의 심판의 날(Doom's Day)이 다가왔다는 소식에 태양이 웃고 달이 울고 혜성이 미쳐 날뛰고 온갖 잡다한 변화성(變化星)이 종횡무진 천제(天際)를 요예(搖曳)하는 것과도 같았습니다.

우리가 서 있는 광장은 정확한 반원형을 그리고, 그 원주의 호에서 일곱 줄기의 도로가 부챗살처럼 팔방으로 펼쳐집니다. 일곱 줄기 중에서 가장 넓고 번듯한 곳은 한가운데

---

67   도쿄 주오 구와 스미다 구 사이의 스미다가와(隅田川)를 잇는 료고쿠 다리(両国橋) 주위 강변에서 개최되는 불꽃놀이. 대기근과 콜레라로 도쿄(에도)에서 수많은 사망자가 나오자 그 위령제로서 1973년 여름에 처음 시작되었다. 일본에서 가장 역사가 긴 불꽃놀이 축제로, 현재의 공식 명칭은 '스미다가와 불꽃놀이 대회(隅田川花火大会)'이다.

68   매년 8월 16일, 교토 사쿄 구의 다이몬지야마(大文字山) 등 다섯 군데 산에서 글자 모양의 횃불을 밝혀 사자의 영을 저승으로 배웅하는 종교 행사. 정식 명칭은 고잔노오쿠리비(五山送り火)이다.

큰길이었습니다. 몇십 몇백 채인지 모를 공원의 구경거리 건물 중에서 특히 인기 있는 가설극장은 대부분 그곳에 모여 있는지, 혹은 삼엄하고 혹은 위태롭고 혹은 불쑥 일어서고[69] 혹은 균정(均整)한, 온갖 다양한 양식의 건축물이 성채처럼 처마를 나란히 하며 들쭉날쭉 이어졌습니다. 일본의 긴카쿠지(金閣寺) 같은 가람이 있는가 하면 사라센 양식의 높은 누각도 있고 피사의 사탑을 좀 더 기울게 지은 이상야릇한 망루가 있는가 싶더니만 대접(杯) 모양처럼 위로 갈수록 불룩해지는 도깨비 같은 전당도 있고 집 전체가 사람 얼굴을 본뜬 건물, 종이 휴지처럼 뒤틀린 지붕과 문어발처럼 구불구불한 기둥, 물결치는 것, 소용돌이치는 것, 구부러진 것, 뒤로 젖혀진 것, 천차만별의 자태를 농하며 혹은 땅에 엎드리고 혹은 하늘을 찌를 듯 서 있었습니다.

"당신……?"

그리고 그때 나의 사랑스러운 연인은 뭔가 말하려다가 슬쩍 내 옷소매를 잡아당겼습니다.

"당신은 무엇이 그렇게 신기해서 넋을 놓고 바라보고 있나요? 이 공원에는 자주 오셨을 텐데요?"

"응, 몇 번이나 왔었지."

그렇게 말하지 않으면 창피할 것 같아서 나는 서둘러 고개를 끄덕였습니다.

"……그렇긴 한데 몇 번을 왔어도 나는 넋을 놓고 바라볼 수밖에 없어. 그럴 만큼 내가 이 공원을 좋아하는 거야."

69 돈흥(頓興).

아이참, 이라고 그녀는 천진한 미소를 짓고 왼손을 들어 그 큰길 끝을 가리켰습니다.

"마술사 가설극장은 저쪽이에요. 자, 어서 가요."

광장에서 큰길로 들어가는 입구에는 가마쿠라의 대불(大佛)만큼이나 거대한 새빨간 도깨비 머리가 우리 쪽을 노려보고 있었습니다. 도깨비의 눈에서는 에메랄드 빛깔의 진한 녹색 전등이 번쩍번쩍 타오르고, 톱 같은 이빨을 드러내며 웃고 있었습니다. 이빨이 난 위턱과 아래턱 사이가 정확히 하나의 아치가 되어 수많은 사람들이 그곳을 지나가는 것입니다. 그러잖아도 공원 전체가 용광로처럼 환한데 그 큰길은 한층 더 환하게 밝고 한 줄기 불길이 도깨비 입에서 매섭게 분출합니다. 연인의 채근을 받아 그 불속으로 뛰어들 때, 나는 마치 몸이 지져지는 듯한 느낌이었습니다.

양쪽에 즐비한 구경거리 무대는 가까이 가 보니 더욱더 과장되고 살풍경한, 기상적(奇想的)인 것이었습니다. 지극히 황당무계한 장면을 현란한 그림물감으로 거리낌 없이 그려낸 활동사진 간판이며 건물마다 독특하고 무어라 말할 수 없이 불쾌한 색깔로 강렬하게 덕지덕지 칠한 페인트의 냄새며 호객에 사용하는 깃발, 장막, 인형, 악대, 가장행렬의 혼란과 방날(放埒)[70] 등, 그런 것들을 하나하나 상세히 기술한다면 아마 독자는 너무 겁이 나서 눈을 가려 버릴지도 모릅니다. 내가 그것을 봤을 때의 느낌을 한마디로 말하자면, 묘

---

70 '말이 담장을 벗어났다.'라는 뜻으로, 방탕이나 주색에 빠지는 것을 비유적으로 이르는 말.

령의 여자 얼굴이 부스럼 때문에 곯아 터진 듯한, 아름다움과 추함이 기발하게 융합된 것입니다. 반듯한 것, 동그란 것, 평평한 것 — 원래 모두 다 올바른 형태를 가진 물체의 세계를 오목 거울이나 볼록 거울에 비춰 보는 것처럼 불규칙과 부조리와 메스꺼움이 함께 짜 넣어진 것입니다. 솔직히 말하자면 나는 그곳을 걸어가는 동안에 한없는 공포와 불안을 느끼고 몇 번이나 발길을 돌리려고 했을 정도입니다.

만일 그녀가 옆에 없었다면 나는 정말 중간에 도망쳤을지도 모릅니다. 내가 마음속으로 겁을 낼수록 그녀는 점점 더 경쾌하게 어린아이 같은 천진한 발걸음으로 씩씩하게 나아가는 것이었습니다. 내가 뭔가에 놀라 겁이 난 눈빛으로 호소하듯이 그녀의 모습을 살펴보자 그녀는 항상 재미있다는 듯한 그 죄 없는 웃음을 빙글빙글 내보였습니다.

"당신처럼 성실하고 온화한 아가씨가 이 무시무시한 거리 모습을 어떻게 태연히 바라볼 수 있지?"

나는 여러 번 그녀에게 물어보려다가 주저했습니다. 하지만 내가 실제로 그런 질문을 했다면 그녀는 어떻게 대답했을까요. "내가 태연할 수 있는 것은 당신에게서 받은 감화 덕분이에요."라고 할까요. "내게는 당신이라는 연인이 있기 때문이지요. 사랑의 암로에 들어선 자에게는 두려움도 없고 부끄러움도 없답니다."라고 할까요. — 그렇습니다. 그녀는 분명 그런 대답을 했을 게 틀림없습니다. 그녀는 그럴 만큼 열렬하게 나를 믿고, 그 정도로 순수하게 나를 사랑하는 것입니다. 양처럼 얌전하고 눈처럼 정결한 그녀가 이 공원을 좋아하는 것은 분명 나를 사랑한다는 증거입니다. 나의 취미를 자신의 취미로 삼고 나의 기호를 자신의 기호로 삼으려고 애쓴 결과입니다. 세상 사람들은 그녀를 두고 나로 인해 타락했다고 말할지도 모릅니다. 하지만 그녀의 취미나 기호가 아무리 악마에 근접해 버렸다고 해도 그녀의 마음, 그녀의 심장은 아직껏 인간다운 온정과 품위를 잃지 않았습니다.

그렇게 생각하니 나는 그녀에게 감사하지 않을 수 없었습니다. 나처럼 세상에 아무런 욕심도 없이 오로지 아름다운 꿈을 품고 여러 나라를 표박하며 울적하고 쓸쓸하게 살아가는 사람이 고귀한 아가씨의 영혼을 정복했다는 것을 생각하면 너무도 아깝다는 마음이 들었습니다.

"나는 도저히 당신처럼 착한 여자의 연인이 될 자격이 없어. 당신은 나와 함께 어울려 이런 공원에 놀러 나오기에는 너무도 기품 있고 너무도 올바른 사람이야. 당신에게 충고할게. 당신을 위해 우리는 인연을 끊는 게 훨씬 더 행복할 거야. 당신이 이런 곳에 태연히 발을 들일 만큼 대담한 여자가 되었다고 생각하니 나 자신의 죄가 너무도 두렵게 느껴져."

나는 갑작스럽게 그렇게 말하고 그녀의 두 손을 잡은 채 길거리에 멈춰 서고 말았습니다. 하지만 그녀는 역시 태연하게 상냥한 웃음을 보일 뿐이었습니다. 자신이 얼마나 사위스러운 멸망의 늪에 임하고 있는지 알지 못하는 어린아이처럼 쾌활한 눈을 동그랗게 뜨고 상큼한 눈썹을 내보였습니다. 내가 똑같은 뜻의 말을 서너 번 되풀이하자,

"나는 이미 각오가 되었어요. 이제 새삼 당신에게 물어보지 않아도 나는 잘 알고 있죠. 당신과 함께 이렇게 이 거리를 걸어가는 지금의 내가 나 자신에게는 얼마나 즐겁고 얼

마나 행복하게 느껴지는지 모른답니다. 당신이 나를 딱하게 생각한다면 부디 나를 영원히 버리지 말아 주세요. 내가 당신을 의심하지 않듯이 당신도 나를 의심하지 말아 주세요."

그녀는 여전히 기분 좋은 작은 새처럼 명랑한 목소리로 그렇게 간단히 정리해 버렸습니다. 그리고 다시 걸음을 재촉하여 그 마술사의 가설극장 앞까지 갔을 때, 그녀는 나를 격려하듯이 몇 번이나 다짐을 했습니다.

"지금부터 우리는 시험 삼아 가 보는 거예요. 우리 두 사람의 사랑과 마술사의 비술, 어느 쪽이 더 강한지 시험해 봐요. 나는 조금도 두렵지 않아요. 나 자신을 굳게 믿으니까요."

그만큼 절박하게 그녀가 진심 어린 사랑을 내보이는데 설령 내가 아무리 비열하고 근성이 썩어 빠진 인간이라도 어떻게 감분(感奮)하지 않을 수 있겠습니까.

"조금 전에 한 말은 내가 잘못했어. 당신처럼 정결한 여자가 나같이 오염된 사내와 맺어진 것은 아마도 운명이 겠지. 우리 두 사람의 몸과 영혼은 눈에 보이지 않는 숙연 (宿緣)의 사슬로 이 세상에 태어나기 전부터 하나로 엮여 있었을 거야. 당신은 정결한 여자인 채로, 나는 오염된 사내인 채로 우리 두 사람은 영구히 서로 사랑해야 할 인과의 지배를 받는 것이지. — 마술사는커녕 아무리 이상하고, 아무리 무서운 지옥일지라도 나는 당신을 데려갈 거야. 당신조차도 두렵지 않다고 하는데 내가 어찌 두려워할까."

나는 그렇게 말하고, 그녀 앞에 무릎 꿇고 성스러운 백의의 옷자락에 입을 맞췄습니다.

마술사의 가설극장이 있는 곳은 그녀가 말한 대로 번화한 거리 끝의 한적한 구역이었습니다. 들끓는 것처럼 왁자지껄 아우성치는 소란 통에서 문득 어둠침침하고 음기가 감도는 곳으로 들어서자 내 신경은 진정되기보다 도리어 한층 으스스함에 짓눌려 불측(不測)의 재앙이 기다리는 것 같다는 의심에 사로잡혔습니다. 나는 지금까지 이 공원에 어떤 자연적 풍치(風致) — 나무라든가 숲이라든가 물 같은 것이 전혀 없는 게 의아했었는데 이 구역에 이르렀을 때 비로소 그것이 얼마간 응용되어 있는 모습을 보았습니다. 하지만 물론 그곳에 사용된 자연적인 요소는 결코 자연의 풍치를 재현하기 위해 안배된 것이 아니라 어디까지나 인공적인 것을 거들고 그 뒤틀린 기교의 효과를 보완하기 위한 재료로써 도입된 것이었습니다. 이렇게 말하면 어떤 독자는 「아른하임의 영토(The Domain of Arnheim)」(1846)라든가 「랜도어의 별장(Landor's Cottage)」(1849) 같은 에드거 앨런 포의 소설에 묘사된 원예술(園藝術)을 상상할지도 모르지만, 내가 말하는 인공적인 산수는 그것보다도 좀 더 잔재주를 부린, 좀 더 자연과 멀어진 경치처럼 여겨졌습니다. 즉 나무나 풀이나 물을 아치나 간판, 전등 등과 완전히 똑같이, 즉 어떤 건물을 만들어 내는 도구의 일종으로 취급한 것입니다. 거기에 있는 것은 축소된 자연, 혹은 정정된 자연이 아니라 산수의 모양새를 따온 건축물이라고 하는 편이 적합할지도 모릅니다. 숲이나 삼림이 식물다운 발랄한 생기를 잃고 손재주 좋은 모조품 같은, 주문에 따라 맞춰진 선으로 가득해서 정원이라기보다 연극의 무대 장치에 가까운 느낌을 불러일으킵니다. 그림물감 대신 나뭇잎을 사용하고, 물결 막[71] 대신 물을 사용하고, 하리코[72] 대신 실제 언덕을 이용했다는 것뿐입니다.

그 산수를 하나의 무대 장치로서 평가한다면 분명, 특유의 무시무시한 장면이 연출되어서 도저히 자연의 풍치 같은 것과는 비견하기 어려운 뭔가를 포착하고 있었습니다. 거기에서는 수목 한 그루의 나뭇가지, 돌 한 덩어리의 모습까지 우울한 암시를 품고 심원한 관념을 드러내도록 배치되어서 우리는 그것이 수목이나 돌이라는 것을 잊어버릴 만큼 오싹한 귀기를 감지하는 것입니다. 독자는 아마 아르놀트 뵈클린[73]이 그린 「죽음의 섬(Island of the Dead)」[74]이라는 그림을 알고 계시겠지요. 내가 지금 설명하려고 하는 장면은 약간 그 그림과 비슷한 효과를 좀 더 차갑게, 좀 더 어둡게, 좀 더 적막한 물상에 의해 표현한 것이었습니다. 우선 첫째로, 내 신경을 극단적으로 위협한 것은 그 구역을 병풍처

---

71 波幕. 일본 가부키 무대 소품으로 전면에 파도 무늬를 그려 넣은 장막. 바다 위나 바닷가 장면 등 무대를 전환하며 연결할 때에 위에서 떨어뜨리는 장막으로 사용한다.

72 張り子. 대나무나 나무틀, 혹은 점토로 만든 형틀에 종이 등을 첩첩 붙여 다양한 물건을 만들어 내는 기법의 하나. 안이 비었고 외관과 비교하여 가볍다. 여기서는 가부키의 무대 장치로 만든 산이나 언덕을 말한다.

73 Arnold Böcklin(1827~1901): 스위스의 화가로 암울한 풍경화와 불길한 우의화를 그려 19세기 후반 독일 미술계에 큰 영향을 끼쳤으며, 20세기의 형이상학파 및 초현실주의 화가들의 상징적 경향을 예고하였다.

74 1880년 작품. 라흐마니노프는 이 그림에서 깊은 인상을 받아 「교향시 죽음의 섬」이라는 관현악곡을 작곡하였고, 다른 문인 및 예술가들에게도 깊은 영감을 줘서 소설과 영화에서도 다루어졌다.

럼 둘러싸고 새까맣고 높직하게 우뚝우뚝 떼 지어 일어선 포
플러 숲입니다. 내가 그것을 숲이라고 깨닫기까지 상당한
시간이 필요했습니다. 왜냐하면 멀리서 바라보면 그것은 거
의 숲이라고 생각되지 않을 만큼 불가사의한 모양새를 하고
있었기 때문입니다. 예를 들면, 마치 감옥소의 담장처럼 머
리도 없고 발도 없이 그저 새까맣고 평탄한 벽이 우물가처
럼 둥그렇게 이어져 하늘 높이 솟아 있는 것입니다. 게다가
점점 정세(精細)하게 숙시(熟視)하면 그 꾸불꾸불한 누벽(壘
壁)의 원은 큼직한 두 마리의 박쥐가 오른쪽과 왼쪽에 갈라
서 있으면서 양쪽으로 암담한 날개를 펼치고 손을 마주 움켜
쥔 형상을 하고 있는 것이었습니다. 주의해서 보면 볼수록
박쥐의 눈이나 귀, 손이나 발, 날개와 날개 틈새 등이 명료한
윤곽으로, 장지문에 비친 그림자처럼 생생하게 천지간을 가
로막고 있는 것입니다. 그런 탓에 이 교묘한 실루엣이 무엇
으로 만들어졌는지 내가 미처 판단을 하지 못한 것도 무리는
아닙니다. 맨 처음에는 숲으로 보이고 그다음에는 벽으로
보이고 그다음에는 박쥐로 보였던 기괴한 형상이 실은 가지
와 잎이 무성한 백양나무 밀림을 대단히 큰 규모로, 대단히
정묘한 기술을 사용해 괴물 모습으로 모조했다는 것을 알았
을 때, 나는 한층 더 큰 경이와 찬탄을 금할 수 없었습니다.

"당신은 누가 이 숲을 설계했는지 알고 계시겠지요?
이건 그 마술사가 만든 것이에요. 바로 최근에 마음 내키는
대로 식목업자에게 지시를 내려 큰 나무를 자꾸자꾸 실어다
아주 잠깐 사이에 다 심어 놓은 것이죠. 일을 맡은 수많은
인부들 중 어느 누구도 이 숲이 어떤 모양으로 나올지 알아

채지 못했어요. 그들은 단지 마술사가 지시하는 대로 한 그루 한 그루 나무를 심은 것뿐이었어요. 마침내 숲이 완성되었을 때, 마술사는 유쾌한 듯 웃으면서 '숲이여, 숲이여, 너는 박쥐의 모습이 되어 인간들을 깜짝 놀라게 해 주어라.'라고 외치고 마법 지팡이를 높이 들어 대지를 세 번 두드렸습니다. 그러자 순식간에 그곳에 함께 있던 인부들은 지금까지 자신들이 그저 열심히 만들어 온 백양나무 숲이 우연히도 괴조(怪鳥)의 그림자와 비슷하다는 점을 발견한 거예요. 그 뒤로 마술사의 평판은 이 숲에 대한 소문과 함께 온 도시에 퍼졌습니다. 어떤 이의 얘기로는 숲이 실제로 괴조 형태인 것이 아니라 보는 사람 쪽이 그런 환각을 느끼는 것이라는군요. 어떻든 마술사의 가설극장에 가는 길에 이곳을 지나치는 자는 반드시 언제라도 그 그림자에 깜짝 놀라 간이 서늘해질 수밖에 없어요. 숲이 마법에 걸렸는지 아니면 보는 사람이 마법에 걸렸는지, 그 비밀을 아는 자는 오로지 장본인인 마술사뿐이지요."

그런 그녀의 이야기를 들으며 나는 여전히 시선을 집중해 부근 일대의 풍물을 세세히 점검했습니다.

마법의 숲 — 이것은 이 도시 사람들이 붙인 이름입니다. — 은 단순히 형태가 요괴 같은 것뿐만 아니라 허공 중간에 진한 색깔의 높은 장막을 둘러 그 권내에 감싸인 구역을 공원 전체의 화려한 색채로부터 적당히 차폐하여 어둠과 저주로 충만한 황량한 정경을 만드는 데 지극히 주요한 역할을 하고 있었습니다. 숲으로 에워싸인 장소의 넓이는 무려 시노바즈노이케(不忍池)만큼은 될 것입니다. 그리고 그 대부분에는 시꺼멓게 썩은 물이 흐릿하게 가라앉은 질척질척한 늪이 얼음처럼 차가운 빛을 드러내며 온통 퍼져 있었습니다. 마법의 숲에서 스스로의 시각을 의심했던 나는 그 늪에 대해서도 지나치게 수면이 고요한 탓에 정말로 물이 채워졌는지 아니면 유리판인지, 잠시 단안을 내리기가 어려웠습니다. 실제로 유리판이라고 믿어도 될 만큼 그 물은 단단히, 움직이지도 흐르지도 않고 한곳에 응고해서 시험 삼아 돌을 던져도 땅땅 울리며 튕겨 나올 것 같았습니다. 숙연한 '죽음'처럼 쓸쓸하고도 삼엄한 이 늪지대의 한가운데쯤에 섬인지 배인지 확실하지 않은 언덕 같은 것이 떠 있고, 'The Kingdom of Magic'이라고 적힌 희미한 푸른 불빛이 단 한 점, 상주하는 암야를 비추는 별처럼 뾰족한 꼭대기에 번뜩이고 있었습니다.

'언덕 같은 것'이 무엇인지에 대해서는 지금 좀 더 정밀하게 설명할 필요가 있는데, 그것은 지옥 그림에 나오는 바늘 산과 아주 흡사한, 돌올(突兀)한 암석 덩어리인 것입니다. 삼각형의 창처럼 날카로운 바위가 무더기로 쌓아 올려져 풀도 없고 나무도 없고 집도 없이 묵묵히 뒤얽혀 있었습니다. 단지 그것뿐이어서 '마술의 왕국'이라는 간판은 있지만 그 왕국이 어디에 있는지는 전혀 알 수 없었습니다.

"저곳이에요. ― 저기가 가설극장 입구예요."

그녀가 가리킨 쪽을 바라보니 과연 간판 근처에는 바위와 바위 사이에 낀 작고 비좁은 철문 같은 것이 있었습니다. 그리고 우리가 서 있는 늪가에서 한 줄기 가늘고 위태로운 임시 다리가 그 문 앞까지 걸려 있는 것입니다.

"하지만 저 문은 굳게 닫힌 것 같은데? 구경꾼이 드나

드는 기척도 없고 사람 목소리 같은 게 전혀 들리지 않아. 그래도 마술 공연은 하는 건가?"

내가 혼잣말처럼 말하자 그녀는 즉시 고개를 끄덕였습니다.

"그렇답니다. 지금쯤 아마 마술 공연을 막 시작한 참일 거예요. 그 마술사는 보통의 마술 부리는 사람과는 다르게 연기 중반에 흥을 돋우는 음악을 넣거나 박수를 청하는 일이 없다는군요. 그럴 만큼 마술이 심각하고 민속(敏速)하다는 얘기예요. 구경 온 관객도 모두 함께 군침을 삼키며 거의 온몸에 물을 끼얹은 듯한 기분으로 이따금 아무도 몰래 한숨만 내쉰다고 하던데요. 저 고요함을 통해 짐작해 보면 지금이 분명 연기가 한창인 때인 것이 틀림없어요."

그렇게 말하는 그녀의 목소리는 억누를 길 없는 공포 때문인지 아니면 묘한 흥분 때문인지, 평소와 달리 목소리가 낮고 파르르 떨리는 것 같았습니다.

두 사람은 그뿐, 침묵에 잠겨 섬으로 통하는 임시 다리를 건너기 시작했습니다.

문을 지나 겨우 대여섯 걸음 나아갔을 때, 지금까지의 음참한 암흑세계에 익숙해졌던 내 눈은 갑작스럽게 만장(滿場)의 눈부신 광선에 흠칫 움츠러들어 동그랗게 오려 내는 듯한 아픔을 느꼈습니다. 흙덩어리가 무더기로 쌓인 듯한 겉모습을 보였던 저 마술의 왕국은 뜻밖에도 금벽(金璧)의 찬란한 대극장의 내부를 갖추고, 기둥이며 천장에 빈틈없이 채워진 장엄한 장식이 눈부시게 환한 전등 불빛을 받으며 번쩍 잠이 깨인 듯 빛나고 있었습니다. 그리고 장내의 모든 좌석은 아래층도, 2층도, 3층도 빽빽이 들어차 꼼짝달싹도 할 수 없을 만큼 만원이었습니다. 관객 중에는 중국인이며 인도인이며 유럽인이며 별별 잡다한 옷차림의 모든 인종이 망라되어 있었지만, 왜 그런지 일본인 같은 차림새는 우리 말고는 한 사람도 눈에 띄지 않았습니다. 또한 특등석 칸에는 이곳 수도의 상류 사회, 즉 공원 같은 곳에 쉽게 발을 들일 리 없는 신사와 귀부인 같은 눈부시도록 화려한 이들이 줄줄이 와 있었습니다. 그 부인들 중 어떤 이는 유서 깊은 신분이 외부에 소문이라도 날까 염려스러웠는지 회교도 여인처럼 복면을 하고 사람들 뒤에서 어깨를 움츠리고 있었지만, 그래도 역시나 무대를 향한 두 눈엔 비밀을 배반하는 두려움과 정욕의 선명한 색채가 드러나 있었습니다. 신사들 중에는 이 나라의 대정치가며 실업가, 예술가, 종교가, 방탕한 2세 등 다방면에서 이름을 날리는 자들이 섞여 있었습니다. 나는 그들 대부분의 얼굴을 예전에 사진으로 수없이 본 듯한 느낌이 들었습니다. 어떤 자는 나폴레옹을 닮았고, 또 어떤 자는 비스마르크를 닮았고, 어떤 자는 단테 같고 어떤 자는 바이런 같은 윤곽을 지닌 것입니다. 거기에는 네로도, 소크라테스도 있었을 것입니다. 괴테도, 돈 후안도 있었겠지요. 나는 그들이 왜 이런 마(魔)의 왕국에 와 있는지, 그 이유를 즉시 해석할 수는 없었습니다. 성인이라도, 폭군이라도, 시인이라도, 학자라도 모두 결국은 '신기한 것'에 끌리는 마음을 갖고 있는 것이겠지요. 그들은 어쩌면 연구를 위해서, 경험을 위해서, 포교를 위해서 나온 것이라고 말하겠지요. 어쩌면 그들은 스스로도 그렇게 믿고 있을 것입니다.

하지만 내가 보기에 그들의 영혼 저 깊은 곳에는 정도 차이는 있겠으나 내가 느끼는 바와 똑같은 아름다움을 느끼고, 내가 꿈꾸는 바와 똑같은 꿈을 꾸는 소질이 잠재되어 있는 것입니다. 그들은 다만 나처럼 그것을 의식하는가 아니면 그것을 부정하는가, 라는 점만 서로 다른 것이지요. ― 나는 딱히 별다를 것도 없이 그런 식으로 생각했습니다.

나와 그녀는 중국인의 변발이니 흑인의 터번이니 부인들의 보닛[75] 등이 홍련 백련(紅蓮白蓮) 물결치듯 뒤섞인 1층 객석의 좌석에 끼어들어 가까스로 두 개의 자리를 잡았습니다. 무대와 우리 사이에는 적어도 대여섯 줄의 의자가 놓여 있고 그 대부분에는 소쇄한 초여름 옷으로 잘 차려입은 유럽의 젊은 여자들이 살집 좋은 깨끗한 목덜미를 나란히 하고 백조처럼 무리 지어 앉아 있었습니다. 내 시선은 그러한 겹겹의 여자들 어깨를 뛰어넘어, 저 너머에 있는 무대 위로 던져졌던 것입니다.

무대 배경 전면에는 온통 검은 장막이 드리워졌고 중앙의 한 칸 높은 계단 위에는 번듯한 옥좌 같은 것이 설치되었습니다. 그곳이 이른바 '마술의 왕국'의 왕께서 거하실 자리인 것이겠지요. 그곳에는 살아 있는 뱀의 관을 머리에 쓰고 로마 시대의 포의(袍衣)[76]를 몸에 두르고 황금 샌들을 신은 매우 젊은 마술사가 반듯하게 앉아 있었습니다. 옥좌의

---

75 모자 앞에 넓은 차양이 달리고, 리본을 턱 밑으로 내려 묶는 모자.

76 토가(toga)라고도 한다. 반원형이나 타원형, 혹은 팔각형의 천을 접어 몸에 둘러 입는 로마 시대의 의상.

오른편과 왼편에는 각각 세 명의 남녀 조수가 노예처럼 정좌하여 발바닥을 관객 쪽으로 내보이고, 그야말로 비루하게 이마를 바닥에 대고 엎드려 있었습니다. 무대 장치와 인물은 겨우 그것뿐, 너무도 간단했습니다.

나는 상의 호주머니를 뒤적여 문을 지날 때 건네준 프로그램을 펼쳐 봤는데, 거기에 적힌 대략 이삼십 종류의 연기들은 이것도 저것도 모두 전대미문, 경천동지의 마술인 것으로 상상되었습니다. 내 호기심을 가장 크게 부채질한 23번을 예로 들자면 우선 메스머리즘[77]이라는 것이 있습니다. 거기 잔글씨로 적혀 있는 연출 설명에 따르면, 장내의 관객 전체에게 최면 작용을 일으켜 극장 안의 모든 사람들이 마술사가 부여한 암시대로 착각을 느낀다는 것입니다. 이를테면 마술사가 "지금은 오전 5시다."라고 말하면 사람들은 상쾌한 아침 햇살을 보고, 자신들의 회중시계가 어느 틈에 5시를 가리킨다는 사실을 깨닫게 됩니다. 그 밖에도 "이곳은 들판이다."라고 말하면 들판으로 보이고 "바다다."라고 말하면 바다로 보이고, "비가 온다."라고 말하면 몸이 흠뻑 젖기 시작합니다. 그다음으로 무시무시한 것은 '시간의 단축'이라는 요술이었습니다. 마술사가 식물의 씨앗 하나를 집어 흙 속에 심고 천천히 주문을 외치면 십 분 만에 싹이 나고 줄기가 자라고 꽃을 피우고 열매를 맺는 것입니다. 게다가 그 식물 씨앗은 관객 쪽에서 원하는 것을 어디서든 원

77 오스트리아 의사 프란츠 안톤 메스머(Franz Anton Mesmer, 1734~1815)의 동물 자기설(動物磁氣說)에 따른 일종의 최면술 치료. 이 치료 방법은 메스머리즘(Mesmerism)으로 명명되었고, 최면 연구의 효시로 평가받는다.

하는 만큼 가져오게 할 뿐만 아니라 구름을 능가할 만큼 높은 우듬지도, 울창하게 하늘을 가리는 무성한 잎사귀도 십분 만에 틀림없이 키워 낸다는 것입니다. 그 비슷한 것으로 좀 더 무시무시한 것은 '신비한 임신'이라는 제목이 붙은 연기였습니다. 이것도 주문의 힘으로 십 분 만에 부인 한 사람을 임신, 분만시킨다고 합니다. 이 마법에 동원되는 부인은 대부분 '왕국'의 노예 여인이지만, 만일 관객 중에 지원하는 부인이 있다면 더욱 고맙겠다고 적혀 있었습니다. 위와 같은 예만 보더라도 독자는 이 마술사가 범용한 마술쟁이와 얼마나 유다른 사람인지 충분히 이해할 수 있겠지요.

하지만 유감스럽게도 내가 입장했을 때는 이미 그 연기 프로그램 대부분이 끝나고 가까스로 마지막 한 가지를 남겨 둔 참이었습니다. 우리가 자리에 앉고 잠시 뒤에 옥좌에 앉아 있던 그 마술사는 천천히 몸을 일으켜 무대 전면으로 걸어 나오더니 어린아이처럼 얼굴을 붉히며 앳된 수줍음이 담긴 나지막한 목소리로 이제부터 펼칠 마법을 설명했습니다.

"……자, 오늘 밤 대단원의 연기로서 저는 여기서 가장 흥미롭고 가장 불가사의한 환술을 여러분께 소개하고자 합니다. 이 환술엔 임시로 '인신 변형법'이라는 이름이 붙여졌지만, 말하자면 제 주문의 힘으로 임의의 인간의 몸을 즉석에서 임의의 다른 물체 — 새든 벌레든 짐승이든 혹은 어떤 무생물, 이를테면 물이나 술 같은 액체든, 여러분께서 원하시는 대로 변형시키는 것입니다. 또한 온몸이 아니더라도 머리라든가 발이라든가 어깨라든가 엉덩이라든가, 어느 한

부분만을 한정해서 변형시키는 것도 가능합니다……"

　나는 마술사가 조곤조곤 펼쳐 나가는 매끈한 말보다 오
히려 그의 염야(艶冶)한 이목구비와 아나(婀娜)한 자태에 마
음을 빼앗겨 언제까지고 황홀해진 채 눈을 뗄 수 없었습니
다. 그가 초범(超凡)의 미모를 지녔다는 이야기는 미리부터
많이 들었지만, 그래도 그런 이야기에 따라 예상했던 그의
얼굴 생김새와 지금 내가 보는 실제의 윤곽을 비교하니 그
아름다움의 정도에 현격한 차이가 있다는 사실을 깨달았습
니다. 그중에서도 가장 뜻밖이라고 느낀 것은 젊은 남자라고
만 생각했던 그 마술사가 남자인지 여자인지 전혀 구별이 가
지 않는다는 점이었습니다. 여자가 본다면 그를 절세 미남이
라고 하겠지요. 하지만 남자가 본다면 아마 미증유의 미녀라
고 할지도 모릅니다. 나는 그의 골격, 근육, 동작, 음성의 모
든 부분에서 남성적인 고아(高雅)함과 지혜와 활달함이 여성
적인 유미(柔媚)와 섬세와 음험 사이에 혼연히 융합된 것을
보았습니다. 이를테면 그의 풍성한 밤색 머리칼과 달걀형 얼
굴의 오동통한 뺨, 조그만 붉은 입술이며 우아하면서도 씩씩
한 팔다리의 모습, 한 점 한 획에도 미묘한 조화가 존재하는
그 모습은 마치 열대여섯 살의, 성적 특징이 아직 충분히 발
달하지 않은 소녀나 소년의 체질과 매우 흡사했습니다. 그리
고 그의 외견에 관해 또 하나 신기한 점은 그가 대체 어디서
태어난 어떤 인종인가 하는 문제입니다. 이건 아마 누구라
도 그의 피부색을 본 사람이라면 당연히 품을 만한 의문이어
서, 남자인지 여자인지 모를 이 마술사는 결코 순수한 백인
종도, 몽고 인종도, 흑인종도 아닌 것입니다. 굳이 비교를 원

한다면, 그의 인상이나 골격은 전 세계 미인의 산지라고 일컬어지는 코카서스 종족에 얼마간 근접한 면이 있을지도 모르겠습니다. 하지만 좀 더 적절히 형용하자면 그의 육체는 다양한 인종의 장점과 미점만으로 이루어진 가장 복잡한 혼혈아이자 가장 완전한 인간미의 표상이라고 할 수 있었습니다. 그는 어느 누구에게나 항상 이국적인 매력을 갖고 남자 앞에서나 여자 앞에서나 원하는 대로 마음껏 성적 유혹을 시도하며 그들의 마음을 녹여 버릴 자격을 가진 것입니다.

"……그런데 여기서 미리 여러분께 양해를 구할 것이 있습니다만……"

마술사는 다시금 말을 이었습니다.

"저는 우선 시험 삼아 이 자리에 대기 중인 여섯 명의 노예를 동원해 그들을 하나하나 변형시켜 보겠습니다. 하지만 저의 요술이 얼마나 신기하고 얼마나 기적 같은지 입증하기 위해 저는 부디 만장의 신사 숙녀 여러분께서 직접 나오시어 저의 마술에 걸려 주시기를 바라고 있습니다. 제가 이 공원에서 흥행을 시작한 지, 벌써 오늘 저녁이면 두 달여가 됩니다만, 그동안 매일 밤마다 관객 중 뜻있는 분들이 항상 저를 위해 여러 명 자진해서 무대에 등장하여 기꺼이 마술의 희생이 되어 주셨습니다. 희생 — 네, 그렇습니다. 그건 분명 희생이지요. 존귀한 인간의 모습을 가졌으면서도 저의 법력에 희롱당하여 개가 되고 돼지가 되고 돌멩이가 되고 흙덩어리가 되었으니, 이토록 수많은 사람들이 지켜보는 가운데 부끄러움을 무릅쓸 용기가 없다면 이 무대에 오르실 수 없겠지요. 그런데도 불구하고 저는 매일 밤 관객석에서 기특한 희생자를 몇 명이고 찾을 수 있었습니다. 그중에는 결코 낮은 신분이 아닌 귀공자와 귀부인께서도 은밀히 희생자로 가담해 주셨다는 소문을 들었습니다. 그래서 저는 오늘 밤에도, 또한 항상 그렇듯이 수많은 유지가께서 속속 나와 주시리라 굳게 믿고, 동시에 자부하는 바입니다."

그렇게 말했을 때, 마술사의 창백한 얼굴에는 자못 의기양양하고 으스스한 미소가 떠올랐습니다. 게다가 수많은 관객은 그의 겁 없이 대담한 변설(辯舌)을 듣고, 또한 거만한 태도를 접할수록 점점 그에게 넋이 나가고 정복되는 느낌이 드는 것입니다.

이윽고 마술사는, 그때까지 옥좌 앞에 무릎을 꿇고 조각 군상처럼 엎드려 있던 노예들 중에서 한 명의 가련한 미녀를 손짓으로 불렀고, 그 여인은 몽유병자처럼 비척비척 마술사 앞으로 걸어와 다시 그 자리에서 공손히 대기하며 실이 늘어진 꼭두각시 인형처럼 고개를 숙였습니다.

"그대는 나의 노예 중에서도 가장 내 마음에 드는 아름다운 여인이야. 벌써 오륙 년째이니 그대가 진심으로 믿고 따라 준다면 나는 분명 그대를 훌륭한 마술사로 만들어 줄 것이야. 인간은 물론이고 어떤 신도, 어떤 악마도 따라오지 못할 세계 최고의 마법사로 만들어 줄 것이야. 그대는 내 밑에서 수족이 되는 것을 진심으로 행복하게 느끼고 있겠지? 인간 세계의 여왕이 되는 것보다 마의 왕국의 노예가 되는 것이 훨씬 더 행복하다는 것을 깨달았겠지?"

마술사는 바닥에 드리운 여인의 긴 머리칼을 자신의 발로 짓밟으며 몸을 뒤로 젖히고 선 채 엄숙히 말을 건넨 다음에 마치 기쁜 은총이라도 베푸는 듯한 투로 말했습니다.

"자, 이제부터 평소의 변형술을 할 터인데, 그대는 오늘 밤에는 무엇이 되고 싶은가? 나는 그대가 아는 대로 매우 자비심 깊은 왕이야. 무엇이든 그대가 원하는 대로 해 줄 테니 좋아하는 것을 말하라."

그때, 마치 석고처럼 굳어 있던 여인의 온몸이 순식간에 전류를 감지한 것처럼 움찔움찔 떨리는가 싶더니 얼음 녹은 시냇물처럼 그 여인의 입술도 비로소 움직였습니다.

"아아, 왕이시여, 감사합니다. 저는 오늘 밤 아름다운 공작이 되어 왕의 옥좌 위를 빙빙 돌며 날고 싶습니다."

그렇게 마치 바라문 행자가 기도하듯이 두 손을 하늘 높이 들어 합장하는 것이었습니다.

마술사는 흐뭇한 듯 고개를 끄덕이고 즉시 입속으로 주문을 외우기 시작했습니다. 십 분만이라고 했었지만 그 여인의 지체가 완전히 공작의 날개털로 뒤덮이기까지 채 오 분도 걸리지 않았습니다. 그리고 남은 오 분 동안에 어깨 위 인간 부분이 점차 공작의 머리로 변해 가는 것이었습니다. 나중 오 분 동안 아직 앳된 여인의 얼굴을 가진 공작이 참으로 기쁜 듯 눈을 들어 미소를 짓고 그다음에 황홀한 듯 눈을 감고 양 눈썹을 찌푸리며 점점 애달프게 새의 머리로 바뀌어 가는 모습이 모든 과정 중에서 가장 시적인 광경으로 느껴졌습니다. 그리고 십 분의 마지막 참에 한 마리 공작으로 변해 버린 여인은 상쾌한 날갯짓 소리를 내며 훨훨 날아올라 관객석 천장을 두세 번 날다가 옥좌 곁으로 돌아가자마자 한 덩어리의 새털구름이 지상에 떨어지듯이 계단 중간에 조용히 내려앉아 비단부채 같은 꼬리를 활짝 폈습니다.

나머지 다섯 명의 노예들도 차례차례 마왕 앞에 불려 나갔고 한 명 한 명 연달아 요술이 이어졌습니다. 세 명의 남자 노예 중 한 명은 표범 가죽으로 변해 옥좌의 깔개가 되고 싶다고 말했습니다. 다른 두 명은 두 개의 순은 촛대가 되어 계단의 좌우를 비추고 싶다고 말했습니다. 마지막으로 여자 노예 두 명은 우아한 나비 두 마리가 되어 몸도 가볍게 왕의 곁을 늘 따르고 싶다고 말했습니다. 그리고 그들 다섯 명의 소원은 즉석에서 이루어졌습니다.

그러한 수많은 전대미문의 묘기를 눈앞에서 지켜본 만장의 관객은 너무도 놀란 나머지 소리를 죽이고 자신의 시각 작용을 의심하며 망연자실할 뿐이었습니다. 특히 첫 번째 남자 노예가 마술사의 지팡이에 맞아 전병처럼 얇아지더니 이윽고 아름다운 표범 가죽으로 변하려는 찰나의 그 고통스러운 신음 소리가 울려 퍼진 순간, 나는 내 앞에 앉은 여자 하나가 부르르 떨면서 얼굴을 가리고 함께 온 남자의 품에 뛰어드는 모습을 보았습니다.

"어떻습니까, 여러분, 누군가 희생자가 되어 주실 분 없습니까?"

마술사는 조금 전보다 한층 더 의기양양한 태도로 바로 옆을 날아다니는 두 마리의 나비를 손으로 쫓아내며 무대 위를 오락가락하는 것이었습니다.

"……여러분은 마의 왕국의 포로가 되는 것이 그토록 두려우십니까? 과연 인간의 위엄이나 형상이라는 것에 그토록 집착할 가치가 있습니까? 당신들은 나를 위해 변형된 노예들의 처지를 비참하고 가엾다고 생각하실지도 모르겠군요. 하지만 겉모습이 나비고 공작이고 표범 가죽이고 촛대라고 해도 그들은 아직 인간의 정서와 감각을 잃지 않았습니다. 그리고 그들의 가슴속에는 당신들이 꿈에도 알지 못할 무한의 열락과 환희가 넘쳐흐르는 것입니다. 그들의 심경이 얼마나 행복을 느끼는지, 저의 마술을 한 차례 시험해 보신 분은 잘 아실 것입니다……"

마술사가 그렇게 말하며 장내를 빙 둘러보자 사람들은 그의 눈에 찍혀 최면술에 걸릴까 봐 겁이 났는지 일제히 어깨를 움츠리고 무릎에 엎드렸습니다. 그러자 홀연 바스락바스락 옷이 스치는 소리가 울리고 뒤를 이어 1층 관객석 한 귀퉁이에서 무대 쪽으로 걸어가는 여자의 구두 소리가 침묵의 밑바닥을 찢고 희미하게 들려온 것입니다.

"……마술사여, 그대는 필시 나를 기억하고 있겠지요. 나는 그대의 마술보다 그대의 미모에 홀려 어제도, 오늘도 구경하러 나왔습니다. 그대가 나를 희생자의 한 사람으로 정해 준다면 그것으로 나는 내 사랑이 이루어진 것이라 생각하고 이만 포기하겠습니다. 부디 나를 당신이 신고 있는 금빛 샌들로 만들어 주세요."

그 목소리에 이끌려 머뭇머뭇 고개를 든 나는 조금 전 특등석에 앉아 있던 복면의 부인이 순교자처럼 마술사 앞에 쓰러지듯 납작 엎드린 모습을 발견했습니다.

마술사의 매력에 홀려 휘청휘청 무대로 나아간 남녀는 복면의 부인 이후에도 수십 명이나 더 있었습니다. 그리고 정확히 스무 번째 희생자가 되고자 정신없이 자리에서 일어선 것은 이렇게 말하는 바로 나 자신이었습니다.

그때 나의 연인은 내 소맷자락을 단단히 부여잡고 하염없이 눈물을 흘리며 말했습니다.

"아아, 당신은 마침내 마술사에게 넘어가고 말았군요. 당신을 사랑하는 나의 마음은 저 마술사의 미모에도 미혹하지 않았건만 당신은 저 사람에게 유혹당하여 나를 잊고 말았군요. 나를 버리고 저 마술사를 따르려고 하는군요. 당신은 어쩌면 그리도 지조 없고 매정한 사람인가요."

"나는 당신이 말하는 대로 지조가 없는 사람이야. 저 마술사의 미모에 빠져 그대를 까맣게 잊었어. 과연 나는 저 자에게 넘어간 게 틀림없어. 하지만 나에게는 이기느냐 지느냐 하는 것보다 더 중요한 문제가 있어."

그렇게 말하는 동안에도 내 영혼은 자석에 빨려 드는 쇳조각처럼 마술사 쪽으로 끌려가는 것이었습니다.

"마술사여, 나는 반인반양(¥人¥羊)의 판(Pan)이 되고 싶소. 판이 되어 마술사의 옥좌 앞에서 미친 듯이 춤추고 싶소. 부디 나의 소원을 받아들여 그대의 노예로 삼아 주시오."

무대로 뛰어 올라간 나는 잠꼬대를 하듯이 저절로 입이 내달렸습니다.

"좋아요, 허락하지요. 그대의 소원은 참으로 그대에게 적합하군요. 그대는 처음부터 인간 따위로 태어날 필요가 없었던 것이오."

마술사가 깔깔 웃으면서 마법 지팡이로 내 등을 한 차례 내려치자 순식간에 두 다리에는 북슬북슬한 양털이 생기고 머리에는 두 개의 뿔이 났습니다. 동시에 내 가슴속에서는 인간다운 양심의 고뇌가 모조리 사라지고 태양처럼 밝은, 바다처럼 광대한 유열(愉悅)의 감정이 콸콸 솟아났습니다.

잠깐 동안 나는 좋아서 어찌할 바를 모르다가 너무도 기쁜 나머지 무대 위를 껑충껑충 뛰어다녔습니다. 하지만 그 같은 나의 환희는 곧바로 내 전 연인의 방해를 맞닥뜨렸습니다.

내 뒤를 쫓아 급히 무대로 올라온 그녀는 마술사를 향해 이렇게 말했던 것입니다.

"나는 당신의 미모나 마법에 혹해 이곳에 올라온 것이 아니에요. 나는 내 연인을 되찾으러 왔습니다. 끔찍한 반양신의 모습이 된 저 남자를 부디 지금 당장 인간으로 되돌려 주세요. 그리고 만일 되돌려 줄 수 없다면 아예 나를 저 사람과 똑같은 모습으로 만들어 주세요. 설령 저 사람이 나를 버리더라도 나는 영원히 저 사람을 버릴 수 없습니다. 저 사람이 반인반양의 신이 되었다면 나도 반인반양의 신이 되지요. 나는 어디까지라도 저 사람이 가는 곳이라면 따라갈 거예요."

"좋아요, 그렇다면 그대도 반인반양의 신으로 만들어 주지요."

마술사의 그 한마디와 함께 그녀는 순식간에 추하고 저주스러운 반수(半獸)의 몸으로 변해 버렸습니다. 그리고 나를 향해 돌진하는가 싶더니 댓바람에 자신의 머리 뿔을 내 뿔에 단단히 끼워 넣었습니다. 결국 두 개의 머리는 뛰어도 날아도 떨어지지 않게 되고 말았습니다.

금빛 죽음

1

오카무라는 어린 시절부터 나의 친구였습니다. 내가 만 일곱 살이 되던 해의 4월 초순, 신카와(新川)의 집에서 그리 멀지 않은 초등학교에 입학한 무렵에 오카무라도 시중드는 하녀에게 이끌려 나와 있었습니다. 그와 나는 교실의 자리 순서가 바로 옆이라서 항상 작은 책상을 맞붙이고 나란히 앉았습니다. 그뿐만 아니라 오카무라와 나는 다양한 점에서 아주 비슷한 데가 있는 것처럼 생각되었습니다.

그 무렵 우리 집은 대형 주류 도매점을 경영하고 있었는데 이 가업이 나날이 거듭 번창해 항상 활기 가득한 가게 앞 정경을 보노라면 어린 마음에도 희미하게 기쁨과 안도감이 느껴질 정도였습니다. 학교에 갈 때도 집에 있을 때도 나는 무명옷을 입는 일이 없었습니다. 게다가 나는 학문이 아주 뛰어나서 산술이든 독서든 모든 학과가 머릿속으로 정말

쉽게 술술 들어왔습니다. 마치 백지가 묵을 빨아들이듯 한 번 들은 것은 하나하나 분명하게, 아무 어려움 없이 마음속에 기억되는 것입니다. 오히려 다른 많은 아이들이 뭔가를 외우는 데 어려움을 느끼는 이유를 나는 이해하기가 힘들었습니다.

전체 동급생 중에서 누구 한 사람도 내가 가진 다양한 장점을 따라올 자는 없었습니다. 다만 오카무라만이 아주 조금, 어느 방면에서는 나와 약간 비슷하거나 혹은 능가할 뿐이었습니다. 그는 나와 동갑인데도 한두 살 어려 보이는 자그마하고 기품 있는 미소년이었습니다. 그의 집에는 거만의 부가 있고 부모님은 일찍 세상을 떠난 데다 형제가 없어서 그는 백부의 감독 아래 성장했습니다. 당시 세간의 소문에 따르면, 장래 그가 상속할 오카무라 가문의 유산이 엄청나게 큰 액수여서 각종 주식, 광산, 산림, 택지 등을 합산하면 미쓰이, 이와사키[78]의 반절쯤은 확실할 것이라는 평판이었습니다. 그래서 우리 집의 '부' 정도와 비교하면 나는 도저히 그의 발치에도 미치지 못할 터였습니다. 나는 그것을 서글프게 생각했습니다.

오카무라의 옷차림은, 광대 아들처럼 잘잘 끌리는 내 기모노 차림과는 반대로 항상 활달한 양복 차림이었습니다. 반바지를 입고 긴 양말에 아주 폭신해 보이는 단화를 신고 머리에는 단정한 해군모를 썼습니다. 그 무렵의 양복은 지

---

78 당시 재벌 미쓰이(三井), 그리고 또 다른 재벌이자 미쓰비시(三菱) 창립자인 이와사키 야타로(岩崎弥太郎)를 가리킨다.

금보다 훨씬 희귀한 차림새였으니까 그의 외양은 내 것보다 사람들의 눈길을 끌어서 더욱더 선망의 대상이었습니다.

두뇌 쪽도 오카무라는 결코 나에게 뒤지지 않았습니다. 하지만 나처럼 모든 학과를 다 잘하고 모든 학문을 평등하게 사랑하지는 못했습니다. 어느 쪽인가 하면 그는 수학을 싫어하고 독서를 좋아했습니다. 특히 그는 작문을 가장 잘하는 편이었는데 그것조차 별반 나를 능가할 정도는 아니었습니다. 문재(文才)에서 그와 나는 발군의 영예를 떠맡고 항상 경쟁했습니다. 시험 때마다 반드시 나는 동급생 전체 수석을 차지했고 그는 차석을 차지했습니다. 두 사람은 선생님에게서도, 학생들에게서도 예외 취급을 받았습니다. 따라서 두 사람의 우정은 의도하지 않게 친밀해져서 서로 쌍방의 장점을 존경하며 마음속으로는 은밀히 동급생들 중 열등생을 경멸했던 것입니다.

2

그 뒤 십 년을 오카무라는 나와 완전히 똑같은 보조(步調)로 동일한 학력을 밟아 나갔습니다. 마침 중학 5학년이 되던 해 봄, 나는 그에게 "졸업하고 어떤 학교에 들어갈 거냐?"라고 물어보았습니다. "물론 너와 같은 곳이지."라고 그는 즉시 씩씩하게 대답했습니다. 나는 중학 1학년 때쯤부터 장래 문과 대학을 졸업해 위대한 예술가가 되겠다고 공공연히 말해 왔던 것입니다.

오카무라는 수학에 저능했는데 그 무렵부터 정도가 더욱 뚜렷해지기 시작해 동급생 중 석차 같은 것도 수석인 나보다 훨씬 밑으로 처졌습니다. 수학이라는 수학은 물론이고 물리라든가 화학처럼 수학적 지식을 요하는 모든 종류의 학과를 오카무라는 모조리 지겨워하는 것이었습니다.

　　또 하나 그가 싫어하는 것은 역사였습니다. "역사란 하나의 긴 선에 지나지 않는다."라고 그는 시종 말했습니다. 그가 좋아하는 것은 첫째로 어학, 그리고 기계 체조와 도화(圖畵)와 창가(唱歌) 등으로, 영어는 이미 4학년 때부터 졸업 정도의 학력을 갖추었는지 각종 잡다한 소설류나 철학 서적을 샅샅이 읽는 모양이었습니다. 그리고 자기 집에 서양인 교사를 초빙해 어느새 독일어와 프랑스어까지 읽고 말하게 되었습니다. 그의 목과 혀는 어지간히 외국어 발음에 적합했던지 학교에서 배우는 시시한 교과서 문장도 한 차례 그가 낭독하면 무어라 말할 수 없이 유창한 울림을 전해 주고 금세 진귀한 글로 바뀌는 듯한 마음이 들었습니다. 그 무렵 일본 문단에선 모파상의 작품이 한창 인기를 끌었는데, 우리가 빈약한 번역에 의지해 나름대로 아는 척을 할 때에 그는 벌써 원문으로 술술 읽을 수 있었습니다.

　　"이봐, 프랑스어의 모파상은 이렇게도 아름다운 것이야."

　　라면서 그가 언젠가 「물 위에서(Sur L'eau)」[79]의 첫 부

79　늘 아름다운 풍경을 제공하던 센 강이 어느 날 섬뜩한 공포의 장소로 돌변한다는 환상적인 단편 소설.

분을 한 페이지쯤 낭송해 준 적이 있습니다. 프랑스어에 아무런 지식도 없었던 내 귀에도 과연 그것은 참으로 아름다운 문장처럼 느껴졌습니다. 그처럼 아름다운 외국어를 알던 오카무라가 그 무렵 갑작스럽게 일본 문학을 멀리하기 시작한 것도 무리가 아닌 일이라고 생각했습니다. 이제 와서 생각해 보면 나는 그의 낭독에 의해 비로소 외국어에 대한 취미와 이해력을 길러 나가게 된 게 틀림없습니다.

어학은 어쨌든, 신기한 점은 그가 기계 체조를 좋아한다는 것이었습니다. 야구, 테니스, 보트, 유도…… 웬만한 운동에는 대부분 손을 댔지만 그가 가장 잘하는 것은 기계 체조였습니다. 책 읽는 모습이 보이지 않는다 싶으면 반드시 학교 운동장의 철봉이나 평행봉에 유연한 몸을 휘감고 놀았습니다. 어린 시절에는 자그마한 체격이던 그의 몸은 열서너 살 때부터 급속도로 발달해 근골이 늠름하고 키가 커서 우아함과 장건함을 겸비한 청년이 되었습니다. 그의 머리칼은 가발 장식을 쓴 것처럼 검고 그의 피부는 항상 하얘서 햇볕에 타는 것을 알지 못했습니다. 그의 날렵하고 강한 팔다리는 얼핏 보기에도 날쌘 운동에 적합하다는 사실을 떠올리게 했습니다. 그는 학교에서 돌아와서도 매번 자기 집 뒤뜰에 만들어 둔 기계 체조장에 나가 한 시간이든 두 시간이든 혼자 신나게 물구나무서기를 하고 공중제비를 해 가며 전혀 싫증 내는 일이 없었습니다.

3

나는 처음에 그가 체조에 미치다시피 한 것을 내심 크게 경멸했습니다. 예술 외의 다른 것에 즐거움이 있을 리 없다고 한결같이 믿고 있던 나에게 곡예 연습과도 같은 그의 유희가 무의미하게 보인 것은 당연한 일입니다. 그가 너무도 지나치게 빠져들어서 한눈 한 번 팔지 않고 연습하는 모습을 보면,

"자네는 이제 예술가가 되기는 틀린 것 같아."

라고 충고해 주고 싶은 반감도 일어났습니다.

어느 가을날 저녁나절의 일입니다. 학교가 끝나고 잠시 뒤에 나는 늘 하던 대로 문학담이나 다뤄 볼까 하고 그의 집에 갔는데 바야흐로 그는 한창 연습 중이었는지 사람을 시켜 그대로 나를 체조장 쪽으로 안내하도록 했습니다.

"아, 실례했네. 자네도 잠깐 운동 좀 해 보는 게 어때?"

그는 쾌청한 푸른 하늘을 등지고 철봉에 올라앉아 매우 유쾌한 듯 소리 높여 외쳤습니다. 항상 교복 차림이 눈에 익었던 나는 (오카무라는 집에 있을 때도 대체로 교복을 입고 있던 것 같습니다.) 화려한 녹청색 운동복을 몸에 딱 맞게 입고 거의 반나체 상태로 있는 그의 모습을 보며 이상하게도 아름답고 요염하다고 느꼈습니다.

"싫다면 거기서 보고 있어. 땀날 때까지 하지 않으면 나는 속이 풀리지 않으니까."

그렇게 말하며 오카무라는 그로부터 다시 이십여 분을 숨 돌릴 새도 없이 이런저런 재주를 부리는 것이었습니다.

말없이 바라보는 사이에 나는 점점 끌려들었고 끝내는 그의 교묘한 기술과 민첩한 동작을 부러워하게 되었습니다. '나는 새처럼'이라는 말은 완전히 오카무라의 날쌘 재주를 형용하기 위해 만들어진 것이겠지요. ……그가 바닥에서 훌쩍 뛰어 철봉을 잡으면서 순식간에 두 다리를 하늘 높이 쳐올렸다가 내려오는 참에 박쥐처럼 거꾸로 대롱대롱 매달리기까지의 신속한 몸동작은 실제로 경탄할 만한 것이어서 그의 팔다리는 마치 돌멩이 총의 고무줄처럼 대단한 기세로 허공으로 솟구치는가 싶더니 금세 되돌아와 도르래처럼 철봉을 휘감아 버렸습니다. 그때마다 오히려 철봉이 채찍 같은 그의 몸에 탁탁 참으로 아프게도 얻어맞았습니다. 철봉이 끝나자 이번에는 계단 꼭대기에서 물구나무서기로 내려오기도 하고 열 자는 넘을 듯한 대나무 장대로 정원의 소나무 꼭대기보다 더 높이 도약하기도 하고, ……그 점핑(jumping)의 멋들어진 모습은 누가 보더라도 인간의 재주라고는 생각할 수 없습니다.

"오래 기다렸지? 이걸로 드디어 기분이 좋아졌다."

그렇게 말하며 내 옆에 선 오카무라의 살결 고운 하얀 양쪽 정강이에는 무수한 은가루가 얇은 양말을 신은 것처럼 묻어 있었습니다.

그날 밤 그는 나를 붙잡고 예술과 체육의 관계를 도도하게 논하여 들려주었습니다. 적어도 유럽 예술의 근원인 희랍적 정신의 진수를 터득한 자는 체육이 얼마나 소중한지를 느끼지 않을 수 없다, 모든 문학과 예술은 모두 인간의 육체미에서 시작하는 것이라고 그는 말했습니다. 육체를 경시하는 국민은 결국 위대한 예술을 낳을 수 없다. ― 그런 견지에서 그는 자신의 기계 체조를 이름하여 희랍적 훈련이라고 칭했습니다. 그 훈련을 거치지 않고서는 어떠한 천재도 결코 참된 예술가가 될 자격이 없다, 라고까지 극언을 했습니다. 나는 그의 논리를 일단 지당하다고 생각했고 나 자신이 체육을 경멸해 온 것은 편견이라는 점을 깨달았지만 그렇다고 완전히 그의 육체 만능설을 편들어 가며 동의할 수는 없었습니다. 오히려 그의 말이야말로 적잖이 기교(奇矯)에 지나지 않는다고 생각했습니다.

"육체보다 사상이 먼저야. 위대한 사상이 없어서는 위대한 예술도 태어나지 않는 거야."

나는 그런 말을 하면서 오카무라의 논리에 반대했던 일을 기억하고 있습니다.

4

그런 식으로 점점 해가 흘러가면서 오카무라와 나는 똑같이 예술에 뜻을 두었으면서도 똑같은 길은 걸을 수 없게 기울어 갔습니다. 두 사람이 동일인이 아닌 한 그렇게 되는 것은 물론 자연스러운 흐름이겠습니다만 서글프게도 변화는 두 사람의 사상뿐 아니라 이윽고 두 사람의 처지에까지 이르게 된 것입니다.

우리 집은 벌써 이삼 년 전부터 아무튼 영업 부진에 빠져 많지도 않던 동산과 부동산이 차츰차츰 남의 손에 넘어가고 이제는 도저히 그대로 가게를 유지하기가 곤란해졌습니다. 그런 데다 내가 중학을 졸업하기 반년쯤 전에 돌연 아버지가 사망했던 것입니다. 시마다 가문의 장남이던 나는 어머니 한 분과 세 명의 남동생 여동생을 떠안고 앞으로 어떻게 일가를 부양해 나가야 할지 걱정이었습니다. 아버지가 남기고 간 여러 종류의 부채를 정리해 보니 우리 모자의 손에 떨어지는 유산이라고는 고작 2000엔이 안 되는 주식뿐이었습니다. 결국 장래 희망을 바꿔 공과에 가거나 의과에 가거나 최소한 법과에라도 입학하라는 친척들의 권고를 받았지만, 나는 고집스럽게 받아들이지 않았습니다. "어떻게든 끝까지 문학을 하고 싶어. 옛날처럼 호사스럽지는 못하더라도 일가에게 결코 부족함은 없게 할 테니 반드시 예술가로 입신할 거야."라고 말하며 점점 더 그 뜻을 강고히 했던 것입니다.

우리 가족이 그처럼 곤궁한 처지에 빠져드는 동안에 오카무라의 재산은 꿈쩍도 하지 않았습니다. 그의 자산은 웬만한 타격쯤에 무너지기에는 너무도 많았던 것입니다. 법률이 허락하는 연령에 도달하면 그는 하루라도 빨리 백부의 감독에서 벗어나 자신의 전 재산을 자유롭게 지배하고 싶다는 말을 내게 자주 하곤 했습니다. "나는 부호의 외아들이야. 막대한 자산, 강건한 육체, 우미한 용모, 젊은 나이의 완벽한 소유자야." — 그런 자각이 이미 충분히 그의 마음속을 오가고 있었습니다. 어느새 그는 걱정스러울 만큼 오만해지고 멋쟁이가 되고 제멋대로가 되었습니다. 중학생 주제에 머리를 기르고 금시계를 차고 잎담배를 피우고, 급기야 금강석 반지를 끼고 다니기도 했습니다. 5학년생 오카무라,

라고 하면 교내에서 모르는 자가 없을 만큼 밉살스러운 놈이 되어 버렸고, 학생들에게서도 미움을 사고 선생님에게서도 미움을 사고, 친구는커녕 접근하는 사람도 없을 정도여서 유일하게 나 혼자만 친하게 지냈습니다. 하지만 그런 나에게조차 오카무라는 이따금 화가 나는 언동을 내보이곤 하는 것이었습니다.

"나는 확실히 행복한 인간이야. 다양한 점에서 나만큼 행복한 처지인 사람은 별로 없겠지. ……단지 불만인 것은 우리 집에는 돈은 있지만 작위가 없어. 여기에 더해서 내가 만일 화족(華族)의 아들이었다면 그야말로 행복할 텐데 말이야."

언젠가 그가 그런 불평을 하며 탄식을 흘렸습니다. 나는 그때까지 적어도 그의 몸치장이나 사치에 대해 악의적인 해석을 하지는 않았습니다. 오카무라의 사치는 결코 비천한 욕망에서 기인한 것이 아니라 역시나 '미'라는 것을 귀히 여기는 그의 예술가 기질에서 온 것이라고 판단했습니다. '부에 반드시 미가 함께하는 것은 아니다. 하지만 미는 언제나 부의 힘을 빌리지 않으면 안 된다.' — 그렇게 믿고 있던 나는 오카무라의 부를 부러워하기는 했으나 어떤 반감도 품지 않았습니다. 그가 자신의 부를 자랑하는 것은 즉 자신의 미를 사랑하기 때문이라고 생각했습니다. 하지만 그가 세속적인 작위 따위에 욕심을 내는 말을 내뱉기에 이르자 완전히 예상 밖이라고 느꼈던 것입니다. 그 말을 들었을 때, 나는 여태까지 오카무라라는 인물을 잘못 봤다는 마음이 들었습니다. '나는 오늘까지 오카무라를 지나치게 높이 쳐주었다. 나는 기만당한 것이다.'라고 마음속으로 은밀히 중얼거렸습니다. 그리고 넌지시 그를 반성하게 할 생각으로 말했습니다.

"돈이 많다는 것은 물론 행복한 일이지만 자칫하면 도리어 불행한 결과를 낳게 돼. 부는 모르는 사이에 인간의 영혼을 타락시키고 마는 거야."

"아니, 그럴 걱정은 없어. 부자가 타락하는 것은 그 재산을 더 불려 보겠다고 사업에 뛰어들 때뿐이지. 돈이 많은 자는 일하지 않고 놀기만 하면 항상 행복해."

그렇게 말하며 그는 별반 신경도 쓰지 않는 기색이었습니다.

5

중학을 졸업한 해의 여름, 나는 순조롭게 도쿄 제1고등학교에 입학할 수 있었습니다. 그런데 오카무라는 수학을 그리 잘하지 못하니 입학시험에 결국 실패해 버렸습니다. 하긴 지방 고등학교라면 들어갈 수도 있었는데 그는 도쿄 땅을 한 치도 벗어나기 싫다면서 낙제를 감수한 것입니다.

"굳이 서두를 건 없으니까 내년에 다시 시험을 쳐야지. 올해 일 년은 죽었다 생각하고 수학 공부를 좀 해야겠어."

그는 그렇게 말하며 별반 낙담하는 기색도 없이 그 뒤로 한동안 매일 두세 시간씩 기하와 대수 등을 연습하는 모양이었습니다.

"자네 같은 친구는 아예 서양으로 유학을 다녀오는 게

좋잖아?"

내가 그렇게 충고하자 그는 "그야 가고 싶기야 꼭 가고 싶지만 백부님이 도무지 허락해 주지를 않아. 백부님이 살아 있는 동안에는 뭐, 안 될 거야."라고 말했습니다.

엄중한 중학 교칙에 묶여 있을 때조차 남다르게 사치를 부리던 오카무라였으니 학교생활과 관계를 끊은 일 년 동안 그의 풍채나 태도는 거의 화려함의 극점에 달해서 대단한 변화를 이루었습니다. 지금까지 일본 옷이라고는 그리 달가워하지 않던 그가 느닷없이 화려한 줄무늬의 하오리(羽織)[80]며 기모노를 잔뜩 장만해 그것을 번갈아 가며 입고 다녔습니다.

"애초에 현대 일본 남자의 복장이라는 게 지나치게 밋밋해. 서양인은 물론이고 중국인이나 인도인 남자의 복장은 그야말로 선명한 색채와 곡선이 풍부해서 일본화로도, 유화로도 그림이 되는데 일본 남자의 복장은 도저히 그림이고 뭣이고 안 돼. 이런 비예술적인 옷을 입고 다니느니 그나마 벌거벗고 있는 게 훨씬 아름답지. 일본에서도 도쿠가와 초기 시대에는 남녀 의상에 구별이 없을 만큼 일반적으로 화려한 것을 즐기는 옷차림이 유행했어. 도잔(唐栈)[81]을 선호하거나 유키(結城)[82]는 수수할수록 멋있다고 하는 것

80 위에 걸치는 반두루마기 형태의 짧은 겉옷.
81 감색 바탕에 연한 붉은색, 연두색 등의 세로 줄무늬를 넣은 차분한 느낌의 목면 직물. 에도 초기에 주로 영국이나 네덜란드 선박을 통해 일본에 들어와 하오리, 기모노 등의 겨울 옷감으로 유행하였다.
82 이바라키 현 유키 지역의 작은 점무늬와 줄무늬가 들어간 질긴 견직물.

은 막부 말기 무렵의 구습에 젖은 서민 취향을 이어받은 것
이야. 현대 일본인은 이제 어지간히 게이초 겐로쿠[83] 시대
의, 멋 부리는 데 관대하던 옛 모습으로 돌아가지 않으면 안
돼." — 오카무라는 그런 견해를 주장하며 극단에 빠지지
않는 범위 내에서 되도록 여성스러운 무늬의 옷감으로 맞춰
다가 그걸 멋지게 차려입고 다녔습니다. 어느 때는 검은 지
리멘(縮緬)의 가문(家紋) 예복에 잔무늬가 들어간 고쿠모치
(石持)[84] 솜옷을 입고 일부러 쇠를 박은 셋타(雪駄)[85]를 또각
또각 울려 가며 신어 보기도 하고, 어떤 때는 깔깔한 기하치
죠(黃八丈)[86] 위아래 한 벌에 하얀 하카타 허리띠(博多帶)[87]
를 매고, 그런 경우에는 항상 모자를 쓰지 않은 채 칠흑 같
은 귀밑머리를 길게 길러 바람에 휘날리며 6척 가까운 큼직
한 체구를 흔들흔들 옮겨 가는 모습은 그야말로 번듯하고
당당하고 조금치도 상스럽거나 우스꽝스럽지 않아서 왕래
하는 사람들이 모두 돌아보며 경탄의 시선을 보냈습니다.
그 무렵 그는 한 달에 대여섯 번씩 미안술사(美顔術師)에게
드나들며 끊임없이 화장에 골몰했습니다. 외출할 때는 항상

83　일본의 연호로, 게이초(慶長)는 1596~1615, 겐로쿠(元祿)는 1688~1704.

84　문장이 들어갈 부분을 미리 하얀 동그라미로 남겨 두고 염색한 천이나 그런 옷.

85　대나무 껍질로 만든 조리 밑바닥에 방수 기능의 가죽을 대고 뒤꿈치에 쇠붙이
　　를 박은 것. 빗물이나 눈을 피하는 데 편리하며, 주로 전통적인 멋을 내기 위해
　　신었다.

86　도쿄 하치죠지마(八丈島)에서 현지의 자생 식물(조개풀)로 염색한 실로 노란
　　바탕에 다갈색, 검은색의 줄무늬, 격자무늬를 넣어 평직이나 능직으로 짠 견
　　직물.

87　규슈 하카타의 명물로, 에도 시대 막부에 헌상품으로 진상한 고급 허리띠.

수백분(水白粉)을 살짝 바르고 입술에 연하게 연지까지 발랐지만, 원래부터 아름다운 용모 덕분에 그런 화장을 했으리라곤 아무도 눈치채지 못했습니다.

"나는 언제 어디서든 내 생김새가 그림이 된다고 믿어."

그렇게 그는 교만한 말을 하였습니다. 그런 옷차림을 해도 그게 전혀 별나게 생각되지 않는 것은 완전히 오카무라가 가진 기품 덕으로, 타인으로서는 도저히 따라가기 어려운 일이라고 나도 내심 감복했습니다. 그러니 오카무라가 항상 놀러 나가는 신바시(新橋), 야나기바시(柳橋), 아카사카(赤坂) 쪽의 게이샤들이 그를 열렬히 숭배했던 것도 당연한 일입니다.

"너처럼 살면 이제 다시 학교 같은 데는 가기 싫겠는데?"

내가 그렇게 물어보자 그는 연신 고개를 저으며 대답했습니다.

"아니, 그런 일은 없어. 나는 결코 학문의 가치를 경멸하지 않을 거야. 자네는 아직 내 성품을 제대로 알지 못하는 것 같군."

그래도 나는 내심 은근히 의심했었지만, 어느새 수학을 배웠는지 그다음 해 여름에는 훌륭하게 우등의 성적으로 일고(一高)[88]에 입학해 버렸습니다. 나는 더욱더 감복했습니다.

---

88 도쿄 제1고등학교의 약칭.

6

최소한 학문에 있어서 나는 오카무라에게 져서는 안 된다는 마음을 항상 가지고 있었습니다. 게다가 나는 빈궁한 학생이라는 게 큰 자극이 되어 심한 신경 쇠약에 걸릴 만큼 무아몽중의 공부를 계속했습니다. 뺨은 홀쭉하고 혈색은 창백하고 남들 보기에도 딱한, 초라한 몰골이 되었습니다. 위대한 예술가가 되려면 우선 어떻게든 철학을 충분히 연구하지 않으면 안 된다는 생각에 더듬거리는 독일어 능력으로 니체나 쇼펜하우어를 열심히 탐독했습니다. 그 결과, 저렴한 소형 책자[89]의 자잘한 활자에 시달려서 나는 금세 도수 높은 근시안이 되고 말았습니다.

"책을 읽는 것은 중요하지. 하지만 그것보다 완전한 눈을 유지하는 게 훨씬 더 중요해."라면서 오카무라는 결코 활자가 작은 서책을 읽으려 하지 않았습니다. 그는 학교에서 독일어 교사에게서 배우던 『라오콘(Laokoon)』[90] 14장의 책장을 펼쳐 내 앞에 들이대면서 이런 말을 했습니다.

---

89 레클람(Reclam): 독일 슈투트가르트 출판사에서 1867년부터 소형 염가판(廉價版) 시리즈로 펴낸 「레클람 백과 문고」 그 첫 권은 괴테의 『파우스트』였다. 영국의 「펭귄 문고」, 프랑스의 「라루스 문고」와 함께 세계적으로 유명하다. 일본에는 1890년대에 들어와 아직 번역서조차 없던 시절에 저렴한 가격으로 가난한 학생과 학자의 사랑을 받았다. 이와나미 출판사에서는 「이와나미 문고」 시리즈를 발간하면서 '우리는 그 모범을 저 「레클람 문고」에서 따와서'라고 밝힌 바 있다.

90 1766년에 독일 극작가 고트홀트 에프라임 레싱(Gotthold Ephraim Lessing, 1729~1781)이 발표한 예술 비평서. 라오콘 군상에서 시작하여 그리스 조각과 로마 시를 비교하며 문학과 조형 예술의 본질과 차이를 밝혔다.

"눈 얘기가 나와서 생각났는데, 그 레싱이라는 자는 어쩐지 마음에 안 드는 인간이야. 이봐, 여기 이런 문장이 있지? ─ Aber müsste, solange ich das leibliche Auge hätte, die Sphäre desselben auch die Sphäre meines innern Auges sein, so würde ich, um von dieser Einschränkung frei zu werden, einen grossen Wert auf den Verlust des ersten legen. '그렇지만 내가 신체 기관인 눈을 가진 이상 육안의 영역이 심안의 영역도 담당해야 한다면, 이 제한으로부터 자유로워지기 위해서는 육안의 상실에 큰 가치를 둘 것이다.'[91] ─ 이건 레싱이 밀턴의 실명(失明)을 찬미한 말이라고 하는데, 만일 인간이 어설프게 육안을 가졌고 도리어 그것 때문에 심안의 활동 범위가 제한을 받을 정도라면 오히려 육안 따위는 없는 편이 좋다, 라는 거야. 이건 참으로 이상한 논리 아닌가? 내가 보기에는 육안이 없는 심안 따위, 예술상에서 아무 도움도 되지 않아. 나는 완전한 관능을 가지는 것이 예술가의 첫 번째 요소라고 생각해. 그래서 레싱이라는 자는 애초 근본에서부터 예술을 잘못 해석하고 있어."

"그러면 자네는 밀턴을 훌륭하다고 생각하진 않겠네?"

"전혀 훌륭하다고 생각하지 않아. 애초에 호메로스는 특별하지만 과연 그가 맹목(盲目)이었는지 어떤지는 의문의 여지가 있는 모양이야."

91 『라오콘: 미술과 문학의 경계에 관하여』, 고트홀트 에프라임 레싱, 윤도중 옮김, 나남 출판사, 2008. 136쪽에서 인용 및 참고.

오카무라의 레싱 공격은 아주 대단해서 『라오콘』의 이쪽저쪽 책장을 펼쳐 가며 철저히 비판했습니다.

"……그리고 여기에 이런 것이 적혀 있지? — Achilles ergrimmt, und ohne ein Wort zu versetzen, schlägt er ihn so unsanft zwischen Back' und Ohr, dass ihm Zähne, und Blut und Seele mit eins aus dem Halse stürzen. Zu grausam! Der jachzornige mörderische Achilles wird mir verhasster, als der tückische knurrende Thersites: …… denn ich empfinde es, dass Thersites auch mein Anverwandter ist, ein Mensch. '아킬레우스는 화가 나서 한마디 말도 없이 그의 뺨을 힘껏 갈겼더니 이빨과 피 그리고 혼이 한꺼번에 목구멍에서 쏟아져 나온다. 너무 끔찍하다! 나는 불같은 성격으로 살인한 아킬레우스가 심술궂고 투덜대는 테르시테스보다 더 미워진다. …… 테르시테스가 또한 내 친척, 즉 인간임을 느끼기 때문이다.'[92] — 이건 테르시테스[93]가 아킬레우스에게 살해되는 광경을 평한 것인데, 귀와 뺨 사이를 가루가 되도록 얻어맞아 상처에서 이빨이 튀어나오고 피가 흐르는 모습이 너무도 끔찍해서 그때까지 테르시테스에 대해 품고 있던 우스꽝스러운 느낌이 삭감되고 말았다. 오히려 이토록 잔인한 살인을 감행한 아킬레우스 쪽이

---

92 위의 책, 201쪽에서 인용 및 참고.

93 호메로스의 『일리아드』에 등장하는 유일한 평민. 추한 모습의 불구자(『반지의 제왕』의 골룸의 원형이라는 얘기도 있다.)며 분배와 정의와 신분 평등을 주장한 독설가였다. 트로이 전쟁 때 아가멤논을 비방하고, 아킬레우스를 호색한이라고 비웃었다가 결국 그에게 살해된다.

더 미워졌다. 아무리 용모가 추악한 테르시테스라고 해도 우리와 똑같은 인간인 이상, 연민의 정이 생기지 않을 수 없다, 라는 논지야. 하지만 내 생각에는 우스꽝스러운 인물은 어디까지나 우스꽝스러운 것이고 그가 기괴한 죽음을 당할수록 더 재미있다는 마음이 들지 않아? 살아 있을 때조차 우스꽝스러운 테르시테스의 얼굴이 엉망진창으로 짓이겨지고 피투성이가 되어 버르적거리는 꼴을 상상하면 실제로 우스꽝스럽게 생각되지 않아? 문학을 비평하는 참에 도덕적 감정의 지배를 받아 아킬레우스를 미워한다는 것은 바보 같은 얘기지."

"자네가 말하는 바는 아무래도 좀 병적인 것 같아. 이를테면 그처럼 잔혹한 장면이 시가 아니라 그림으로 묘사됐다고 상상해 봐. 자네는 그런 그림을 보고서도 역시 우스꽝스럽게 느낄까?"

내가 그렇게 반문하자 그는 더더욱 의기양양해져서 토론을 진행해 나갔습니다.

7

"우스꽝스럽게 느끼지는 않더라도 어떤 종류의 쾌감을 갖는 것은 확실하지. 오히려 그림으로 하는 게 더 재미있을 정도야. 애초에 예술적 쾌감을 비애라느니 우스꽝스러움이라느니 혹은 환희라느니 하는 식으로 구분하는 것부터가 잘못되었어. 세상에 순수한 비애나 우스꽝스러움이나 혹은 환희라는 것이 존재할 리가 없거든."

"나도 그 점에는 찬성하지만 자네는 시의 영역과 그림의 영역 사이에 레싱이 설명한 것처럼 경계가 있다는 것을 인정하지 않겠다는 거야?"

"전혀 인정하지 않아. 라오콘의 취지에는 철두철미 반대야."

"그건 좀 지나치게 난폭하지."

"내 얘기를 좀 들어 봐. ─ 나는 눈으로 한 번에 전체를 볼 수 있는 아름다움이 아니면, 즉 공간적으로 존재하는 색채 혹은 형태의 아름다움이 아니면 그림으로 그리거나 문장으로 써낼 가치가 없다고 믿고 있어. 그중에서도 가장 아름다운 것은 인간의 육체야. 사상이란 아무리 훌륭해도 눈으로 보고 느끼는 게 아니지. 그래서 사상에는 아름다움이 존재할 리 없는 거야."

"그렇다면 예술가가 되기 위해 철학을 연구할 필요도 없겠네?"

"그야 말할 것도 없지. ─ 아름다움은 생각하는 것이 아니야. 한 번 척 보고 즉각 느낄 수 있는 지극히 간단한 절차를 가진 것이야. 따라서 그 절차가 간단하면 간단할수록 아름다움의 효과는 더욱더 강렬해질 거야. 자네는 페이터[94]

---

94 Walter Pater(1839~1894): 영국의 비평가, 수필가, 인문주의자. 그의 '예술을 위한 예술' 옹호론은 탐미주의 운동의 원칙이 되었다. 1873년, 레오나르도 다빈치, 보티첼리, 피코 델라 미란돌라, 미켈란젤로 등에 관한 평론집 『르네상스』를 출판. 이 책에 담긴 르네상스 예술에 대한 감각적인 평가와 섬세한 문체로 인해 그는 학자이자 탐미주의자로서 명성을 얻었고, 심지어 옥스퍼드 대학

의 『르네상스』를 읽은 적이 있지? 분명 그의 책 속에 모든 예술 중에서 가장 예술적인 것은 음악이라는 취지의 말이 나와 있었잖아? 즉 음악이 부여하는 쾌감만큼 직절(直截)하고 간명하며 절차가 필요하지 않은 것은 없다는 뜻이야. 아무리 아름다운 시가나 회화라도 다소나마 의미를 가지지 않은 것은 없어. 그에 반해 피아노가 됐든 바이올린이 됐든 모든 악기에서 나오는 음향에는 전혀 의미라는 것이 없지. 음향을 생각한다는 건 가능하지 않아. 그저 아름답다고 느낄 뿐이지. 그런 점에서 음악만큼 예술의 취지에 딱 맞는 것은 없다고 할 수 있어.”

“그 정도라면 자네 스스로 음악가가 되었으면 좋았지 않은가?”

“그런데 불행하게도 내 귀는 내 눈처럼 발달하지 못해서 음향에 의한 미감이라는 것을 그만큼 강하게 감수(感受)하지를 못해. 음악은 인간에게 미감을 일으키게 하는 형식에 있어서는 뛰어나지만 미감 그 자체의 내용에서는 뭔가 희박한 것처럼 생각돼. 그래서 나에게 가장 이상적인 예술이라고 하면, 눈으로 본 아름다움을 가능한 한 음악적인 방법으로 묘사하는 것이야.”

“그런 어려운 일이 가능하다고 생각하나?”

“안 되더라도 노력해 볼 생각이야. — 여기서 다시 레싱 비판으로 돌아가면, 라오콘의 안목이라고 해야 할 것

교에는 그를 숭배하는 소규모 집단까지 생겼다. 『르네상스』의 「맺음말」에서, 예술은 그 자체의 아름다움만을 위해 존재하며 예술의 존재 이유에 도덕적 기준이나 실용적 기능이 끼어들면 안 된다고 주장했다.

은 요컨대 시의 범주와 그림의 범주를 제한한 아래의 두 가지 문장에 귀착되고 있어. 이른바 '회화는 사물의 공존 상태(koexistieren)를 구도(構圖)로 하는 탓에 어떤 동작의 유일한 순간만을 포착할 수 있다. 따라서 그 전후의 경과를 암시해 줄 가장 함축적인 순간을 선택하지 않을 수 없다.' 그리고 '마찬가지로 시문(詩文) 또한 사물의 진행 상태를 묘사하는 탓에 어떤 형체에 대해 단 한 가지의 특징만을 포착할 수 있다. 따라서 한 가지 국면보다 형체 전부의 상(象)을 가장 명료하게 방불하는 특징을 선택하지 않을 수 없다.' — 대체로 그런 뜻이 될 거야. 우선 첫 번째 정의부터 나는 크게 반대하는 입장이야. 회화가 어느 정도 사물의 공존 상태를 그린다는 건 틀림이 없어. 하지만 전후 경과를 이해하게 할 만한 함축적인 순간을 선택하지 않으면 안 된다는 이론은 근거 없는 말이야. 회화의 관심은 화제(畵題)에 사용된 사건 혹은 소설에 있는 것이 아니야. 만일 로댕의 작품 중에 한 사람이 또 다른 한 인간의 사해(死骸)를 안고 있는 조각이 있다고 치고, 거기에 「사포[95]의 죽음」이라는 제목을 붙였다고 하자. 그럼 그 작품에서 미감을 맛보기 위해서는 반드시 사포의 일대기를 알아야만 하는 건가? 그 순간의 전후 과정을 이해해야만 하는 건가?"

---

95 Sappho(기원전 612?~?): 그리스 시인.

8

"……그건 매우 이상한 논리라고 생각해. 회화나 조각의 미는 어디까지나 그곳에 표현된 색채 혹은 형태의 효과에 의해서 보는 사람의 머릿속에 단적으로 직각(直覺)되어야 하는 것이야. 그래서 로댕의 「사포의 죽음」이 아름답다면 그 조각에 나타난 두 인간의 육체가 아름다운 거야. 사포의 역사와는 전혀 연고가 없는 일이지."

"그래도 역사를 안다면 더욱더 흥미롭게 느껴지지 않겠어?"

"하지만 그건 역사적 흥미지, 예술적 흥미라고는 할 수 없어. 그런 흥미는 예술이 요구해야 하는 게 아니니까 그걸 느꼈든 느끼지 않았든 아무 지장이 없어. 그러므로 만일 화가가 선택해야 할 순간이 있다면 그것은 오로지 어떤 육체가 최상 최강의 미의 극점에 도달한 찰나의 자태를 포착하는 것뿐이야. 그런데 또 레싱은 화가가 포착해야 할 '함축적인 순간'이라는 것을 몹시 협소하게 제한하고 있어. ── Wenn Laokoon also seufzet, so kann ihn die Einbildungskraft schreien hören; wenn er aber schreiet, so kann sie von dieser Vorstellung weder eine Stufe höher, noch eine Stufe tiefer steigen, ohne ihn in einem leidlichern, folglich uninteressantern Zustande zu erblicken. Sie hört ihn zuerst ächzen, oder sie sieht ihn schon tot. '그러므로 라오콘이 한숨을 쉬면 상상력은 그가 비명을 지르는 것으로 들을 수 있다. 그러나 그가 죽음의 비명을 지르면 상상력은 그가 한층 더 견디기 쉬운, 따라서 관심을 덜 끄는 상태에 있다고 생각하지 않으면서 이 표상으로부터 한 단계 위로 올라갈 수도 없고, 또 한 단계 내려갈 수도 없다. 상상력은 그가 겨우 신음하는 것으로 듣거나 이미 죽은 것으로 간주한다.'[96] ─ 그리스의 라오콘 조각을 보면 그는 뱀에 칭칭 휘감긴 채 그저 가까스로 탄식하고 있을 뿐이야. 그 표정은 슬프긴 하지만 조용하지. 결코 얼굴을 일그러뜨리거나 고뇌의 부르짖음을 내뱉지는 않아. 하지만 그 조각을 접하면 충분히 그의 절망적인 고통을 상상할 수 있어. 그에 반해 만일 라오콘이 거칠게 부르짖는 비명을 내뱉고 극단적인 고뇌의 표정을 드러냈다면 그 조각은 완전히 여운을 잃고 말겠지. 보는 사람의 상상력은 조각의 외부를 향해 한 걸음도 내딛을 수 없어. 단지 라오콘이 신음하는 소리를 듣고 이미 죽으려 하는 것을 바라봐야만 할 뿐이야. 그처럼 모든 강렬한 자극을 피해 상상의 여지가 있을 만한 어느 찰나를 그려 낸 것이 레싱의 이른바 '함축적인 순간'인 거야. 그 이론으로 가자면, 인간이 죽어 버린 장면 따위는 그림으로도 조각으로도 좀체 만들 수 없다는 얘기가 돼. 방금 전에도 말했듯이 미감을 맛보는 데에 전후 사정 따위를 이해할 필요는 전혀 없어. 라오콘이 탄식을 하건 부르짖건 혹은 피투성이가 되어 신음하건 그 순간의 육체미만 충분히 드러난다면 그걸로 충분해."

"그러면 예술을 감상하는 데 상상력 따위는 불필요한 게 되잖아?"

96 위의 책, 43쪽에서 인용 및 참고.

"그렇고말고. — 애초에 나는 상상이라고 하는 답답한 것이 아주 싫어. 무엇이든 확실하게 내 앞에 실현되고 눈으로 보거나 손으로 만지거나 귀로 듣는 것이 가능한 아름다움이 아니고서는 받아들일 수 없어. 상상의 여지가 없는, 아크등 불빛을 받은 듯한 강렬한 미감을 맛보지 않고서는 성에 차지 않아."

"그런 이론은 조형 미술엔 들어맞을지도 모르지만 시나 소설에는 응용되지 않는 이야기 아닌가?"

"응용하는 것은 매우 어려울 수도 있겠지만 그래도 완전히 불가능한 건 아니라고 생각해. 애초에 내가 조금만 더 손재주가 있는 사람이었다면 문학 따위가 아니라 화가나 조각가가 되었을 거야. 하지만 내가 가진 건 문장을 만드는 재능뿐이니 별수 없지. 아무튼 어떤 방식으로든 문장을 사용해서 회화나 조각이 표현하는 것과 동일한 아름다움을 다뤄 보고 싶어. 과연 어떤 것이 만들어질지, 지금으로서는 나도 잘 모르겠지만 레싱이 말하는 식으로 '시는 사물의 진행적 상태를 묘사한다.'라든가 '형체의 어느 일부분만을 포착한다.'라든가 하는 법칙은 전혀 내 안중에 없다는 것만은 미리 말할 수 있어."

오카무라의 이론은 끝부분에 가선 약간 힘이 드는지 그냥 내뱉는 듯한 투였습니다. '그런 이론을 늘어놓아 봤자 실제로 뭐가 통용될까. 어디 쓸 수 있다면 써 봐라.' 나는 그렇게 생각하며 마음속으로 비웃었습니다.

9

이 년 남짓 나는 독서에 몰두했지만, 정확히 고등학교 3학년이 되던 해부터 조금씩 시나 소설을 쓰기 시작해 각종 문학잡지에 기고하게 되었습니다. 내 이름은 곧바로 문단 인사들의 인정을 받아 신인 작가 중에서도 장래 유망한 한 사람으로 주목받았습니다. 그것은 당시 나에겐 참으로 기쁜 일이었습니다. 이윽고 내 이름이 오자키 고요[97]나 히구치 이치요[98]나 마사오카 시키[99] 등과 나란히 메이지 문학사의 한 페이지를 장식할 일원이 되리라고 상상했습니다. 나는 완전히 우쭐해져서 감흥이 솟구치는 대로 마구 수많은 창작을 시도했습니다. 실제로 펜을 잡지 않고는 견딜 수 없을 만큼 사상이 콸콸 쏟아져서 아무리 쓰고 또 써도 그것이 고갈되리라곤 생각도 못 했습니다.

'나는 마침내 오카무라를 이겨 냈다.'라고 실감할 수밖에 없었습니다.

오카무라가 예술에 대해 자신의 자리를 정하지 못한

---

97 尾崎紅葉(1867~1903): 소설가, 시인. 도쿄 출생. 도쿄 대학교 중퇴. 구어 문체를 창시하여 사실주의의 가능성을 심화하고 심리적, 사회적 주제를 추구하였다. 대표작으로는 『삼인처(三人妻)』『다정다한(多情多恨)』『금색야차(金色夜叉)』 등이 있다.

98 樋口一葉(1872~1896): 소설가, 시인. 도쿄 출생. 메이지 시대 여성의 감성을 애수 가득한 문장으로 그려 냈다. 참고로, 현재 5000엔 지폐에 오른 인물.

99 正岡子規(1867~1902): 마쓰야마 출신의 하이쿠 시인. 신문 《일본》, 문집 《호토토기스(杜鵑)》를 통해 사생(寫生)에 의한 문장 혁신을 시도하는 등, 근대 문학사에 큰 발자취를 남겼다.

채 몹시 헤매는 모습은 옆에서 보기에도 잘 알 수 있었습니다. 얘기를 시작하면 입 끝으론 잘난 소리를 늘어놓으면서 그는 어느 것 하나 실행해 낸 예가 없습니다. 그런가 하면 그가 질색하는 철학은 물론이고 문학에 관한 진지한 서책 등을 연구하는 기색도 없었습니다. 그저 이따금 읽는 것이라고는 프랑스 쪽의 시나 소설, 아니면 미술에 관한 서적 정도였습니다만 그중 회화와 조각에 대해서만은 서양은 물론 인도와 중국, 일본 쪽까지 일습을 다 외우는 것 같았습니다. 걸핏하면 "나는 화가가 되지 못한 게 아무리 생각해도 유감이야."라면서 번민하였습니다.

"자네는 예로부터의 화가 중 누가 가장 좋은가?"라고 예전에 내가 물었을 때,

"일본에서는 우타가와 도요쿠니,[100] 서양에서는 로트렉."이라고 대답했습니다.

역시나 로트렉을 좋아하는 사람답게 그는 곡마단을 아주 좋아했습니다.

"일본 사람의 곡예는 체격이 빈약해서 재미가 없지만 서양 곡마단은 연극보다 훨씬 더 예술적이야. 나는 곡마단 같은 느낌이 나는 예술을 만들어 내고 싶어."라고 그는 매번 말했습니다.

날이 갈수록 오카무라의 언동은 점점 더 기교(奇矯)해져서 때때로 진지하게 하는 말인지 아니면 농담으로 하는 말인지 알 수 없는 얘기를 하곤 했습니다.

---

100 歌川豊国(1769~1825): 에도 후기의 우키요에 화가.

'가장 천박한 예술품은 소설이다. 그다음은 시가다. 회화는 시보다 존귀하고 조각은 회화보다 존귀하고 연극은 조각보다 존귀하다. 그리고 가장 고귀한 예술품은 실로 인간 자신의 육체다. 예술은 우선 자신의 육체를 아름답게 하는 것에서부터 시작한다.'

그런 글귀를 노트 귀퉁이에 써서 보여 준 적도 있습니다. 오카무라가 자신의 주장을 입으로 말한 그대로 실행한 것은 단지 '자신의 육체를 아름답게 한다.'라는 것뿐이어서 아직도 기계 체조와 옅은 화장을 하는 습관은 중단하지 않았습니다.

'곡마단은 살아 있는 인간의 육체로 합주하는 음악이다. 따라서 지상 최고의 예술이다.'

그런 글귀도 적혀 있었습니다.

'건축도 의상도 미술의 일종인데 요리는 왜 미술이라고 칭하지 못하는가. 미각의 쾌감은 왜 미술적이지 않다고 하는가. 나는 그것을 도무지 이해할 수 없다.'

그런 것도 있었습니다. 나는 "자네가 이런 의문을 가지는 것은 미학을 알지 못하기 때문이야."라고 말해 주었지만 "미학이 무슨 도움이 된다는 건가?"라면서 그는 전혀 개의치 않았습니다.

'인간의 육체에서 남성미는 여성미보다 열등하다. 이른바 남성미라는 것의 대부분은 여성미를 모방한 것이다. 그리스 조각에서 볼 수 있는 중성의 미라는 것도 실은 여성미를 가진 남성일 뿐이다.'

'예술은 성욕의 발현이다. 예술적 쾌감이란 생리적 혹

은 관능적 쾌감의 일종이다. 그러므로 예술은 정신적인 것이 아니라 모조리 실감적인 것이다. 회화, 조각, 음악은 물론, 건축이라고 해도 역시 그 범주를 벗어나는 일이 없다.'

'그리스인은 육체미의 한 요소로서 체격이 큰 것을 꼽는다. 뛰어난 예술은 모두 다대한 질량을 가진다.'

그 밖에도 그의 병적인 예술관을 엿보기에 충분할 다양한 경구들을 볼 수 있었습니다.

10

아침 해가 뜨듯이 문단에 떠오르기 시작한 나의 명성에 대해 오카무라는 그다지 시샘하지도 부러워하지도 않는 것 같았습니다. 다만 그는 자신의 예술관을 바탕으로 내가 시도한 노력이 전혀 무의미하다고 믿으며 조금도 기꺼워하지 않았다는 건 확실합니다. 나는 그를 경멸하면서도 또 다른 한편으로는 그의 존재를 두려워했습니다. 그의 얼굴을 보면 뭔가 지금 나 자신이 하는 일이 심히 불안정하고 맹목적인 듯한 마음이 드는 것입니다. '그는 평생 아무것도 이루지 못한 채 끝날지도 모른다. 하지만 그래도 역시 그는 천재다.' 나는 그런 생각을 하곤 했습니다.

내가 끊임없이 일하는 동안에 오카무라는 끊임없이 놀았습니다. '학문을 존중한다.'라고 했던 최초의 선언은 어느새인가 기각되고 그의 호사와 방탕은 나날이 더해 갈 뿐, 학교에는 영 출석하지 않았습니다. 그의 용모와 체격과 옷차림은 점점 더 번듯하고 염려(艶麗)해져서 어쩐지 옆에 다가가기 어려울 만큼 광채를 내뿜는 것처럼 보였습니다. 그와 말을 나누려다가 나도 모르게 그 아름다움에 감동해 입을 다물고 마는 일도 종종 있었습니다. 수많은 여자들이 그를 위해 눈물을 흘리고 목숨까지 버리려 했습니다. 그 속에는 거의 온갖 계급의 부녀자들이 망라된 듯했습니다. 요릿집이나 요정은 물론이고, 그는 자신의 집안을 이용해 여러 방면의 야회(夜會)[98]에까지 드나들었습니다.

"아, 서양에 가고 싶다. 진심으로 떠나고 싶어. 훌륭한 체격을 가진 서양인으로 태어나지 못한 것이 나의 첫 번째 불행이야."

그 무렵, 그의 서양 숭배 열기는 매우 왕성해져서 한참 동안 "일본 것은 뭐든지 다 싫다."라는 말을 하곤 했습니다. 뭔가 복잡한 집안 사정이 있었는지 그의 백부는 도무지 오카무라의 서양행을 허락하지 않았던 것입니다.

연일연야 환락에 빠져 지내면서도 그의 건장한 체격은 조금도 시들지 않았습니다. 애초에 그는 음주와 끽연을 좋아하지 않았습니다. "술 담배를 하면 관능이 마비되어 충분한 쾌락을 맛볼 수 없어. 완벽한 건강을 유지하지 않고서는 강한 자극을 감수할 자격이 없지. 술은 인간을 취하게 하는 대신 취기가 깬 다음에 몹시 우울한 기분이 들게 하는 것이야. 나는 우울한 것이 너무 싫어. 언제라도 환한 기분으로

---

101 밤에 하는 서양식 연회, 원유회(園遊會). 요정이나 부호, 귀족의 집에서 열렸던 가든파티.

살고 싶지.” ── 그 덕분인지 그는 항상 환하게 빛나는 혈색 좋은 얼굴에 그야말로 상쾌하고 즐거운 눈빛을 하고 있었습니다.

그러는 사이에 오카무라는 전기와 후기, 두 번이나 학년 시험에 낙제했습니다. 내가 대학 2학년이 되었을 때도 그는 여전히 고등학교에서 어정거리지 않으면 안 되었습니다. 그의 낙제는 시험에 실패한 결과가 아니라 평소에 결석을 일삼았기 때문입니다. 때때로 그는 보름이고 한 달이고 자취를 감추고 학교는커녕 자기 집에조차 없을 정도여서 동급생들도 거의 그의 존재를 알지 못했습니다. 그러다가 내가 대학 3학년이 되던 해 가을부터 그는 전혀 얼굴을 내보이지 않았습니다. 확실하지는 않지만 ‘퇴교했을 것’이라느니 ‘퇴교당했을 것’이라느니 하는 소문이 들려왔습니다.

미리 양해를 구하겠습니다만, 문단에서의 나의 평판은 벌써 그 무렵부터 점점 기운이 꺾이더니 글을 발표할 때마다 냉혹한 비평가의 온갖 매리참방(罵詈讒謗)이 가해졌습니다. 게다가 내 학비며 일가의 생활비로 쏙쏙 빼서 쓰던 아버지의 유산도 이미 공핍(空乏)을 호소하였기 때문에 나는 싫든 좋든 원고료로 돈을 벌어야 하는 처지에 빠져 있었습니다. 쉽게 고갈될 리 없다고 믿었던 나의 사상은 여기에 이르러 순식간에 궁지에 몰리고 말았습니다. 나는 평생 이런 고통을 겪으며 먹고살기 위해 얼토당토않은 ‘이야기’를 계속 써내야 하는 것인가. 그렇게 생각하니 예술가만큼 비예술적이고 무의미한 세월을 보내는 자도 없다는 불안감이 덮쳐들었습니다.

뭔가 불안할 때마다 생각나는 것은 오카무라였습니다. 너무 오랫동안 못 만났던 터라서 어느 날 나는 불현듯 마음먹고 그의 집을 찾았습니다. 마침 집에 있었던 그는 응접실 의자에 앉아 기다리던 나를 보고 말했습니다.

"한동안 못 본 사이에 자네, 부쩍 야위었네."

나는 그 방 거울에 비친 두 사람의 얼굴을 비교해 보고 나 홀로 추레하고 시름에 겨운 풍채가 부끄러웠습니다. 그러자 그는 돌연 그 즐거운 듯한 눈빛을 반짝이며 말했습니다.

"이봐, 내가 이제부터 백부의 감독에서 벗어나 재산을 마음대로 운용할 수 있게 됐어. 앞으로 더욱더 나만의 예술을 만들어 낼 테니 잘 지켜봐."

"그러면 언젠가 말했던 그런 시를 짓는 건가?"

"시도, 그림도, 조각도 아니야. 그런 답답해 빠진 것보다 훨씬 단적이고 또한 훨씬 대규모의 것이야. 나는 내 주위에 현란한 예술의 천국을 쌓아 올릴 거야. 완전히 새로운 형식의 예술을 창작하는 것이지. 아무튼 조용히 지켜보라고."

그렇게 말하며 그는 웃고 있었습니다.

11

오카무라는 스물일곱 살이 되던 해 봄, 오래전부터 연구하고 사색해 온 그만의 예술 창작에 뛰어들었습니다. 그는 우선 자신이 소유한 막대한 재산의 총액을 조사하고, 그 것을 모조리 쏟아부어 창작 비용으로 쓰겠다고 했습니다.

도쿄에서 서쪽으로 수십 리(里)[102] 거리의 소슈(相州)[103] 하코네 산 정상에 가까운, 센고쿠하라(仙石原)에서 오토메 고개(乙女峠)로 통하는 산길을 약간 왼쪽으로 벗어난 분지, 갈대 호반을 마주한 풍광명미(風光明媚)한 구역의 토지를 2만 평쯤 사들여 그는 느닷없이 큰 토목 공사를 벌였습니다. 논을 메우고 밭을 밀고 수풀을 베어 내 연못을 파고 분수를 만들고 언덕을 쌓고, 매일매일 수백 명의 인부를 써서 그는 자신의 설계대로 예술 천국을 만들어 내는 데 힘을 쏟기 시작했습니다. 가장 먼저 청렬한 호수의 물을 저택 안 깊숙이 끌어들여 푸른빛이 뚝뚝 떨어질 듯한 언덕과 언덕 사이에 표망(漂茫)한 입강(入江)을 넘실거리게 하고, 거기에 요트와 곤돌라와 용두익수(竜頭鷁首)[104] 등 각양각색의 쪽배를 마치 아름다운 항구처럼 띄워 놓았습니다. 입강의 물은 다시금 갈라져 어떤 것은 띠처럼 작은 냇물이 되어 광대한 정원 안을 유유히 구불거리며 흐르고, 어떤 것은 급한 여울로 큰 바위를 물어뜯는 격류가 되어 높고 험한 기암괴석 틈새에서 세차게 흘날리고, 어떤 것은 수십 척(尺)의 폭포를 이루어 연무(煙霧)를 토해 내며 절벽을 떨어져 내려갑니다. 작은 강 양쪽 언덕에는 수선화, 황매화, 창포, 도라지, 마타리꽃 등 사철 울긋불긋한 화초를 수없이 심어 가꾸고, 햇살 좋은 남쪽 경사지에는 복숭아나무 숲을 만들어 그곳에 소, 양, 공작, 타조

---

102 한국과 달리 일본의 1리(里)는 약 4킬로미터. 한국의 10리에 해당한다.

103 예전의 사가미 지역, 현재의 가나가와 현 일대를 말한다.

104 옛날 귀인들의 놀잇배. 두 척이 한 쌍을 이루며 각각의 뱃머리에 용의 머리와 익(鷁)이라는 바람에 강한 백로 비슷한 물새의 머리를 조각하였다.

등 온갖 금수를 풀어놓았습니다. 그리고 그 천태만상의 극치를 이룬 산수의 절경을 차지하며 고금동서 양식의 정수만을 모은 건축물 여러 동이 서 있는 것입니다. 우뚝우뚝 솟아오른 남화(南畵) 같은 기봉(奇峰)의 꼭대기쯤에는 「유선굴(遊仙窟)」[105] 시가 떠오를 듯한 중국식 누각이 우뚝 서 있고, 흐드러지게 꽃이 핀 화원의 분수 주위에는 그리스식의 네모반듯한 전당이 석조 원기둥에 둘러싸여 있었으며, 호수로 튀어 나간 곳의 한 귀퉁이에는 후지와라 시대의 츠리도노[106]가 물 가까이 높직한 난간을 옆으로 길게 뻗쳤고, 바람을 차단하는 삼림의 깊은 안쪽에는 로마 시대의 대리석 욕실에 뽀글뽀글 구슬 같은 온천물이 넘쳤습니다. 그 밖에도 봄이면 전망 좋은 동쪽 높직한 언덕바지 위에, 여름에는 시원한 바람이 불어오는 후미진 물가에, 가을에는 계곡의 단풍이 내려다보이는 그윽하고 조용한 곳에, 겨울에는 따뜻한 산의 품속에, 사철 각각의 거처를 정해 어떤 곳은 파르테논의 형상을 모방하거나 호오도(鳳凰堂)[107]의 취향을 따르고, 어떤 곳은 알람브라 궁전의 양식을 배우고 바티칸 궁전을 본떠서, 모

---

105 740년 무렵, 중국 당나라 때 장작(張鷟)이 지은 글. 주인공 장생(張生)이 적석산(積石山)에서 길을 잃고 헤매다가 하룻밤 머물게 된 신선굴에서 아름다운 미녀의 환대를 받으며 놀았다는 이야기. 나라 시대(奈良時代)에 일본에 전래되어 『만요슈(万葉集)』 이후의 문학에 큰 영향을 끼쳤으며, 그 고훈(古訓, 한문의 옛날식 훈독)은 일본 국어학의 중요한 자료가 되었다.

106 釣殿. 건물 남쪽 끝, 혹은 동쪽과 서쪽에 연못을 마주 볼 수 있게 벽 없이 탁 트이게 한 방. 연못을 향해 낚시를 즐긴 데서 나온 이름이다.

107 교토 우지 시(宇治市)에 자리한 보도인(平等院)의 아미타도(阿弥陀堂)의 별칭. 봉황이 날개를 펼친 모양과 닮았다는 데서 나온 이름이다.

든 산 모든 골짜기의 붉은 칠 하얀 벽은 아침 해에 빛나고 둥근 기둥에 벽돌과 기와는 저녁 빛에 물들어, '촉산(蜀山) 우뚝한 자리에 아방궁이 출현하도다.'라는 옛 시구[108]가 그곳에 현실로 나타난 게 아닌가 하는 의구심이 들었습니다. 그리고 또한 그 건축 정원의 곳곳에는 무수한 조각물이 점점이 안치되었습니다. 조각 대부분도 예로부터의 걸작을 모방한 것으로, 불상과 여신상은 말할 것도 없고 인간에서부터 조수류(鳥獸類)까지 망라되었습니다. 그중에서도 가장 눈을 놀라게 한 것은 입구의 석문(石門)을 건너 평탄한 길 양쪽에 있는 명나라 13능을 모방한 코끼리, 호랑이, 기린, 말 등의 좌상 및 입상과 저택 중앙 잔디에 세워진 로댕의 「영원한 우상」이었습니다. 신기하게도 그 우상의 남자 얼굴은 특히 그 자신이 고안의 밑바탕이 되었는지 오카무라의 용모를 쏙 빼닮았습니다. 로댕의 조각은 그가 평소부터 숭배하던 대상이었던 만큼 그 유명한 작품 대부분이 거의 다 모여 있었습니다.

건축 공사가 완성된 것은 그로부터 이 년 뒤였지만 나중의, 이른바 '창작'이라는 것은 단지 그런 정도만이 아니었습니다.

"지금까지의 공사는 한마디로 나의 예술을 창작하기 위한 준비 작업에 지나지 않아. 이른바 연극의 사전 준비 같

---

108 중국 당나라 말기의 낭만 시인 두목(杜牧, 803~852)의 「아방궁부(阿房宮賦)」를 가리킨다. 그의 대표작 중 하나로, 진시황제가 지은 아방궁의 웅장함과 화려함, 성대한 모습을 묘사하면서 황제의 교만과 사치로 백성들이 혹사당하고 물자가 낭비된 것을 비판하였다. 청년 시절에 썼다고 믿기지 않을 만큼 화려한 수사와 유장한 리듬이 특징이다.

은 것이지. 앞으로가 드디어 진짜야.”

라고 그는 말했습니다.

“과연 그럴지도 모르겠네. 아무리 엄청난 돈을 들여 번 듯한 공사를 해 봤자 모두 타인의 예술을 모방한 것뿐이어서는 자네의 창작이라고는 할 수 없지.”

내가 그렇게 말하자 그는 평소의 오만한 옅은 웃음을 지으면서 답했습니다.

“머지않아 전부 완성되면 즉시 자네에게 소식을 전할 테니 비평은 그때 해 주게. 나는 이제부터 반년쯤은 아무도 만나지 않고 창작에 전념할 테니 그때까지 기다려 줘.”

그렇게 오카무라는 다시 자취를 감췄습니다. 그는 오늘 도쿄에 있는가 하면 그다음 날은 하코네로 돌아가 버렸고, 혹은 간사이로 뛰어갔다가 북쪽 지방으로 달려갔다가 멀리는 조선, 중국, 인도에까지 출장을 다니며 마치 바쁜 상인처럼 사방 곳곳을 여행하는 것 같았습니다. 그동안에 그가 과연 어떤 창작을 시도하는지, 나는 전혀 알지 못했습니다.

12

“필생의 역량을 발휘한 나의 창작이 마침내 완성되었네. 나는 지금 나 스스로 만든 예술의 미에 감동하여 황홀해져 있다네. 이것이야말로 내가 오랜 세월 머릿속에 그려 온 이상의 예술이라고 믿네. 솔직히 말하자면 나는 내가 만든 예술을 별로 남에게 보여 주고 싶지 않아. 그저 혼자서 즐기고 싶다네. 하지만 자네는 나의 생각을 잘 이해해 주고 예전에 약속한 것도 있어서 비밀을 지킨다는 조건으로 꼭 보러 와 주기를 바라네. 자네 사정만 괜찮다면 일주일이든 열흘이든 하코네에 와서 머물러 주게.”

공사가 다 된 그다음 해 봄, 드디어 그런 소식을 받은 나는 반신반의하며 일단 그를 찾아가 보기로 마음먹었습니다.

그것은 4월 중순의, 봄 안개 짙은 하늘이 감청으로 맑게 갠 아름다운 어느 날의 일이었습니다. 나는 아침 일찍 도쿄를 출발해 그날 오후 2시경에는 유모토(湯本)에서 4리의 산길[109]을 정상까지 올라가 그의 저택 누각 문이 아득히 내려다보이는 고원의 한 끝에 도착했습니다. 나는 예전에도 이따금 하코네에 놀러 온 적이 있어서 그 일대 지세에 비교적 밝은 편이었지만, 엄청난 규모의 그의 저택이 널찍이 뿌리박고 앉으면서 산수의 용자(容姿)가 송두리째 변해 버린 것을 느꼈습니다. 나는 어쩐지 우라시마 다로(浦島太郎)[110]나 립 밴 윙클[111]의 옛날이야기를 떠올리지 않을 수 없었습니다.

---

109 하코네 산은 상행 4리, 하행 4리의 도합 8리(약 32킬로미터)의 험준한 급경사 진흙길이었으나 에도 시대 초기에 막부의 관도(官道)로서 넓적한 돌을 깔아 정비하였고, 그 돌길이 지금도 남아 있다.

110 거북을 살려 준 보답으로 용궁에 들어가 호화롭게 지내다 돌아와 보니 많은 세월이 지나 지인은 모두 죽고 낯선 이들뿐이었다는 전설의 주인공.

111 미국 작가 워싱턴 어빙의 단편 소설집 『스케치북』에 실린 작품. 애견과 사냥을 나갔다가 산에서 만난 소인(小人)이 권하는 대로 술을 마신 립 밴 윙클은 이십여 년이나 깊은 잠에 빠졌고, 깨어나 보니 세상이 온통 변해 있었다는 이야기다.

문으로 들어서자 오카무라가 이미 그곳에 나와 기다리고 있었습니다. 그는 로마 시대의 낙낙한 흰색 토가를 몸에 두르고 발에는 조리(草履)[112]를 신고서 그 큰 코끼리 입상 아래 몸을 웅크리고 따뜻한 서녘 해를 받으며 조금 졸린 듯 쪼그리고 앉아 있었습니다.

"나는 자네가 오는 것을 멀리서 지켜보았어. 저기 저 기둥에 기대서서."

그는 그렇게 말하고 저만치 떨어진 산 한쪽 귀퉁이, 하얀 벽의 양관(洋館) 베란다를 가리켰습니다.

그윽한 저택 부지 안은 대낮에도 매우 고요해서 오카무라와 나 그리고 기괴한 조각 외에는 사람 모습이라고는 보이지 않았습니다. 잠시 뒤 그가 손에 든 작은 피리를 울리자 어디선지 미묘한 방울 소리가 들리더니 타조 한 마리가 꽃다발을 장식한 연려(妍麗)한 수레를 끌고 달려왔습니다. 오카무라는 나를 태우고 자신도 수레 위에서 채찍을 잡으며 다시금 평탄한 길의 안쪽 깊숙이 들어가는 것이었습니다.

달콤하고 진하고 향기로운 온갖 꽃향기가 연달아 나의 후각을 덮쳤습니다. 수레바퀴가 회전하는 대로 흔들흔들 흔들리는 영락(瓔珞)[113] 같은 꽃다발을 향해 우리 두 사람 주위로 나비 떼가 끊임없이 춤추며 모여들고 덤불숲 휘파람새의 날카로운 소리가 이따금 내 귓불을 찢었습니다. 길이 입강의 물가와 가까워졌을 때, 우리는 수레를 버리고 이번에는

---

112 엄지와 둘째 발가락 사이를 끈으로 꿰는 일본의 옛날식 샌들.
113 부처의 목, 팔, 가슴 등에 두르는 보석 장식. 본디 인도 귀족의 장신구였다.

작은 배 한 척에 옮겨 탄 뒤 거울 같은 수면에 노를 저어 맞은편 절벽 그늘로 갔습니다.

깎아지른 듯한 절벽 모퉁이를 빙글 돌아들자 그곳은 널찍한 강만(江灣)의 중심으로, 연안의 높고 낮은 산야와 누각이 한눈에 들어왔습니다. 입강과 이어진 갈대 호반은 유유하게 저 멀리 저녁 안개의 얇은 비단옷 뒤에 숨었고, 사방을 둘러보니 고마가타케(駒ヶ嶽), 간무리가타케(冠ヶ嶽), 묘진가타케(明神ヶ嶽)의 산들이 이 장엄한 천국의 외곽을 병풍처럼 둘러싸고 있었습니다. 홀연히 나는 뱃머리에서 한 길쯤 떨어진 강변 잔디밭에 높이 여섯 척이나 되는 마신인면(馬身人面)의 켄타우로스가 등에 여신을 태우고 하늘을 노려보며 서 있는 청동상을 보았습니다. 마침 그 괴수의 발치에 배의 밧줄을 맨 것입니다.

잔디밭의 넓이는 대략 이백 평이나 될까요, 한쪽은 호수로 막혔고 또 한쪽은 마치 와카쿠사야마(若草山)[114]처럼 둥근 언덕으로 구획되었고, 다른 양쪽은 으슥한 백양나무 숲에 막혔으며, 중앙의 나지막한 곳에는 음악당 같은 육각형의 작은 정자[115]가 서 있었습니다. 그곳에는 놀랍게도 수많은 인간 조각상이 하늘을 우러르고 혹은 땅에 엎드리고 혹은 기둥에 기대고 돌에 앉고, 온갖 다양한 자태를 하고 있어서 우리가 가까이 다가가면 한꺼번에 움직이는 게 아닐까

114 나라의 나라 공원 동쪽 끝에 위치한 산으로, 완만한 산비탈이 잔디로 뒤덮여 있다. 나라를 대표하는 경관 중 하나.
115 파빌리온.

싶을 만큼 생생하게 육체의 힘을 내보이고 있었습니다.

"조각도 이렇게나 많이 모아 놓고 보니 뭔가 굉장한 느낌이 드는군."

나는 오카무라를 돌아보며 말했습니다. 그러자 그는 그야말로 자신의 뜻대로 되어 만족스럽다는 듯 고개를 끄덕였습니다.

"자네도 그런 마음이 들지? ……이 조각은 모두 옛날부터 유명한 작품을 모방한 것이지만, 이런 식으로 모아 놓으니 완전히 다른 취향의 효과가 나타나지. 배열 방식에 나름대로 큰 고심을 했지만, 저런 식으로 비바람이 들이치는 들판에 함께 주르륵 늘어놓지 않으면 조각이 가져다주는 육체미의 장엄한 힘이 느껴지지 않아. 이봐, 이렇게 보고 있으니 어쩐지 인형처럼은 생각되지 않잖아? 왈칵 덤벼들어 어깨를 마구 흔들어 주고 싶어질 거야. 저런 사람들이 벌거숭이로 저녁 빛을 받으며 모두가 침묵을 지키고 있다는 게 오히려 신기할 정도지. ……전체적인 그룹으로 바라봤을 때의 인상만 심오하다면 딱히 하나하나를 상세히 음미할 필요는 없지만 그래도 뭐, 모방의 솜씨를 살펴봐."

둘이 서 있는 두세 척 앞에는 나와 거의 코가 맞닿을 듯이 미켈란젤로의 「묶인 노예」의 모습이 흡사 동정을 구걸하는 것처럼 괴로워하고 있었습니다.

13

"이건 루브르에 있는 그리스 시대의 「피옴비노의 아폴로」야. 그리고 이건 나폴리에 있는 「폼페이의 아폴로」, 이건 폴리클레이토스의 「창을 든 남자」."

오카무라는 걸음을 옮기며 하나하나 열심히 설명했습니다. 가장 으스스하게 느껴진 것은 육각당 지붕이며 복도, 돌계단에서 미친 듯 날뛰는 일단의 인영(人影)으로, 더구나 그 배열이 심히 불규칙해서 마치 사체를 내던져 놓은 듯했습니다. 그 대부분은 로댕의 작품 중에서도 가장 자극적인 자세나 표정을 가진 것으로, 우선 기와지붕 위에는 「코가 일그러진 남자」며 「여자의 머리」, 「우는 얼굴」, 「고통」 같은 대여섯 개의 청동으로 된 인간의 얼굴이 잘린 목처럼 데굴데굴 널려 있었습니다. 「우골리노 백작」이 굶주림을 견디다 못해 제 자식을 먹으려고 하는 처참한 형상은 우리에 갇힌 호랑이처럼 계단 입구로 기어가고 있었습니다. 「빅토르 위고」가 난간에 팔꿈치를 짚고 한 팔을 뻗고 있는가 하면 그 뒤에는 「사티로스와 님프」가 희롱하고, 「절망」의 남자가 다리를 부여잡고 쓰러진 그 옆에는 「봄」의 남녀가 포옹하며 입맞춤을 나눕니다.

하지만 앞서 미리 말했던 대로, 그 모든 것이 결코 오카무라의 참된 창작은 아닌 것입니다. 나는 단테가 베르길리우스의 안내를 받듯이 첫 번째 관문인 잔디를 지나가면서 참으로 찬탄할 만한 다양한 건축이며 벽화의 모조품을 구경했습니다. 이어서 이토 자쿠츄[116]의 화조도(花鳥圖)에 나올

법한 난만한 백화(百花)의 숲을 지나 공작과 앵무새가 소요
하는 낙원 근처까지 안내받았습니다. 이제 이러한 만듦새가
얼마나 빼어난 아름다움의 극치를 이루었는지는 대략 독자
의 상상에 맡기고, 여기서 상세히 기술하는 일은 멈추고자
합니다.

우리는 저녁 해가 산으로 기울어 갈 무렵, 깊고 깊은 숲
속을 더듬어 나가 어느 오래된 연못가로 나섰습니다. 울창
한 늙은 나무의 줄기에는 덩굴나무 잎이 대황바닷말의 일종
처럼 엉겨 붙었고, 복잡하게 뒤얽힌 집념 강한 나뭇가지들
은 삐죽삐죽 튀어나와 앞길을 가로막고, 잡초관목(雜草灌木)
이 마구잡이로 번성한 습한 지면에 감싸인 태고와도 같은
고요함의 저 밑바닥에는 청보석처럼 맑은 샘물이 고여 있는
것입니다. 그러자 어디선가 졸졸 물방울 떨어지는 소리가
들려왔습니다.

"저 소리가 나는 곳으로 가 보게."

오카무라의 말에 따라, 나는 물소리에 의지하여 가시
밭 사이를 헤치고 샘물가로 내려갔습니다. 물가에 서서 맞
은편을 내다본 순간, 그곳에서 표현하기 힘든 신령스러운
미녀의 입상을 보았습니다. 주위가 초록 잎으로 뒤덮여 빈
공간이 만들어진 한 길쯤의 절벽에 미녀는 등을 기대고 양
손으로 왼편 어깨에 항아리를 받쳐 든 채 서 있었습니다. 물
은 그 안에서 쉴 새 없이 주르륵 수면으로 떨어지는 것입니

---

116 伊藤若冲(1716~1800): 근세 일본의 화가로 꽃, 물고기, 새와 닭을 깜짝 놀랄
만큼 사실적인 화풍으로, 장식적인 필치를 가미하여 그려 냈다.

다. 그녀의 모습은 샘물 위에 거꾸로 완벽하게 똑같은 그림자로 비쳐, 두 개의 형상은 발바닥에서 위아래로 이어져 있었습니다.

"저건 앵그르의 「샘」이라는 그림을 모방한 거야."

오카무라가 그렇게 말하는 소리가 채 끝나지 않은 참에 미녀는 순식간에 애교 있는 큼직한 눈을 깜빡거리며 입가에 희미한 미소를 지었습니다. 내 몸은 문득 얼음처럼 차가워져 버렸습니다. 미녀는 새하얀 살빛을 가진 금발벽안(金髮碧眼)의 살아 있는 사람이었던 것입니다. 저녁 어스름이 덮쳐드는 으슥한 곳에 석고 같은 몸을 고스란히 드러낸 여자는 영원히 그림의 형태를 무너뜨리지 않으려는 것 같았습니다.

숲이 탁 트이면서 저 멀리 전당 회랑이 내다보이는 구릉으로 나섰을 때, 나는 다시 그곳 풀밭 위에 옷을 풀어헤치고 잠든 두 개의 살아 있는 그림을 보았습니다. 하나는 조르조네의 비너스, 또 하나는 루카스 크라나흐의 님프였습니다.

"저것은 조금 전의 조각과는 달리 단순한 모방이라고는 할 수 없겠지? 화가가 소설 속에서 소재를 빌려 오듯이 나 또한 단지 화가가 생각한 구도를 빌려 왔을 뿐이야. 저게 나의 창작 중 하나야."

라고 오카무라가 처음으로 말했습니다.

예로부터 '목욕'에 관한 유명한 조각상들로 둘러싸인 욕실 입구에 도착했을 때는 이미 날이 저문 지 한참 지난 무렵이었습니다. 광대한 전당의 처마 안은 벌써 전등을 환하게 밝혔는지 그 광선이 둥근 유리 천장을 뚫고 밤하늘을 붉게 물들였습니다. 귀를 문에 대자 안에서 수십 명의 사람들이 돌고래처럼 헤엄치는지 요란하게 욕조의 물이 첨벙첨벙 튀는 소리가 들려오는 것이었습니다.

14

문을 열고 들어선 나는 잠시 찬란한 빛과 색과 수증기 때문에 눈이 아려서 그 자리에 우두커니 서 버렸습니다. 욕조는 대리석 바닥에서 지하로 서너 자를 파 내려간 것으로 욕조라기보다 연못이라고 하는 편이 더 적합할 만한 넓이였습니다. 연못을 둘러싼 네 방향의 벽은 온통 로마 시대의 벽화와 부조로 장식되었고, 타원형을 이룬 물가 바닥의 곳곳에는 다시 그 켄타우루스가 한 간 간격으로 늘어서 있는 것입니다. 게다가 그 얼굴은 모두 오카무라의 울거나 웃거나 화난 모습이고, 등짝에 올라타거나 채찍질을 하는 여신들은 모두 살아 있는 인간들이었습니다. 돌고래처럼 물속에서 도약하는 수십 마리의 동물을 보니 그들은 모두 몸의 하반부에 작은 미늘을 촘촘히 엮은 속갑옷 같은 은제의 살색 타이츠로 인어 모습처럼 꾸민 미녀들이었습니다. 우리의 모습을 보자마자 그들은 하나같이 두 손을 높이 들어 환호성을 지르고 은빛 비늘을 번뜩이며 물가의 돌난간으로 뛰어올라 괴수의 발치에서 희롱거리는 것이었습니다.

그 밖에도 우유와 포도주, 페퍼민트 등이 가득한 작은 욕조 서너 개가 있었는데 그곳에서도 인어가 노닐고 있었습니다. 마지막으로 우리는 인간의 육체로 가득 찬 「지옥의 연못」 앞으로 갔습니다.

"자, 이 위를 건너가는 거야. 상관없으니 내 뒤를 따라와."

그렇게 말하며 오카무라는 내 손을 이끌고 한 떼의 살덩어리 위를 밟고 갔습니다.

나는 더 이상 이야기를 계속 써 내려갈 용기가 없습니다. 아무튼 그 욕실의 광경 따위는 그날 밤 동쪽 언덕 위 봄의 궁전에서 개최된 연락(宴樂)의 여흥에 비하면 거의 기억에도 남지 않을 만큼 소규모의 것이었다는 점을 덧붙여 두면 충분할 것입니다. 그곳에는 살아 있는 인간으로 구성된 온갖 다양한 예술이 있었습니다. 그 궁전의 여왕이라는 한 여인이 금수(錦繡)의 장막 안쪽에서 네 명의 남자를 기둥으로 세운 침대에 누워 있는 모습도 보았습니다.

이른바 오카무라의 '예술'이라는 게 어떤 것이었는지는 그 광경으로 대략 이해하실 수 있으리라고 생각합니다. 다만 마지막으로 오카무라의 최후의 순간 — 그로부터 열흘쯤 뒤, 환락의 절정에 달한 순간에 그가 돌연 사망해 버린 광경을 지극히 간단히 적어 두도록 하지요.

애초에 그는 평균을 뛰어넘는 건강한 몸이었는데도 마치 자신이 죽을 때가 다가오고 있음을 이미 예상한 것 같았습니다.

"나는 이미 가진 재산을 모두 다 써 버렸어. 지금과 같은 호사는 앞으로 반년도 이어 갈 수 없어."

그렇게 말하고 그는 다소 자포자기한 기미로 술도 마

시고 담배도 피웠습니다.

  내가 머물던 열흘 동안, 그는 매일 밤이면 밤마다 옷차림을 바꿔 가며 온갖 신기한 풍속으로 나를 접했습니다. 그는 그 무렵 러시아 무용극에 사용된 레온 바크스트[117]의 의상을 즐겨 입었고, 때로는 장미의 요정으로 분장하고 때로는 반양신으로, 때로는 카니발의 남자로 분장하더니 마지막에는 의상을 바꾸는 것만으로는 성이 차지 않는지 셰에라자드의 춤에 나오는 토인으로 변장해 온몸을 까맣게 칠하기도 했습니다. 열흘째 되던 날 밤에는 수많은 미남 미녀를 고르고 골라 아라한 보살의 모습을 만들거나 악귀 나찰로 꾸미게 하고, 그러다가 결국에는 온몸에 금박을 칠해 석가여래의 존용(尊容)을 재현하고 그대로 술을 들이켜며 미친 듯이 춤을 췄습니다.

  밤샘 연회에 곯아떨어져 전당 복도나 기둥이나 장의자에 꼴사납게 널브러진 채 그다음 날 새벽까지 아무것도 모르고 잠들어 버렸던 사람들은 이윽고 눈을 떠 방 한복판 탁자 위에서 금빛의 몸 그대로 얼음처럼 차가워진 오카무라의 사해를 발견한 것입니다. 그의 집 고용 의사의 설명에 의하면, 금박으로 인해 온몸의 모공이 막혀 죽었을 것이라는 얘기였습니다. 보살도, 아라한도, 악귀도, 나찰도, 모두 금색

---

117 Léon Bakst(1866~1924): 러시아 상트페테르부르크의 제국 미술 학교 출신으로, 귀족 자녀들을 가르치는 궁정 화가로서 궁정 극장과 제국 극장의 무대 배경을 디자인했다. 배경과 의상의 통일된 인상을 강조하여 무대 장치에 일대 혁명을 일으켰다. 러시아에서 진보적 미술 학교를 설립하고, 파리와 런던 등지에서도 활동하였다.

사체 아래 무릎을 끓고 눈물을 흘렸습니다. 그 광경은 그대로 한 폭의 대열반상을 이루어서 그는 죽어서도 여전히 몸을 바쳐 자신의 예술을 위해 노력하는 것이 아닌가 하는 의구심이 들었습니다. 나는 그만큼 아름다운 인간의 사체를 본 적이 없습니다. 그처럼 환하고 그토록 장엄한, '비애'의 음영이라고는 조금도 섞이지 않은 인간의 죽음을 본 적이 없습니다.

오카무라는 분명 행복한 인간이었습니다. 왜 그런가 하면 그는 자신의 온 힘과 온몸을 바쳐 자신의 예술을 위해 최선을 다하고 게다가 충분한 성공을 거두었기 때문입니다. 세상에는 그보다 더 많은 재산을 갖고 더 많은 학식을 가진 사람이 아주 많겠지요. 하지만 예로부터 지금까지 그처럼 성실하게, 그처럼 단일하게 자신의 예술을 위해 돌진한 자는 없다고 해도 좋을 것입니다. 그와 나는 다양한 점에서 예술상의 견해를 달리했으나, 한마디로 그가 한 일은 역시 훌륭한 예술이었다는 사실을 인정하지 않을 수 없습니다. 그의 예술은 환영처럼 나타나 그의 죽음과 함께 이 지상에서 사라지고 말았습니다. 하지만 그는 위대한 천재, 위대한 희대의 예술가였던 것입니다.

기분[118]이나 나라모[119]처럼 무의미한 호유(豪遊)를 시

---

118 紀文(1669?~1734?): 에도 시대 기슈(현재의 와카야마 현) 출신의 상인으로 거액의 부를 쌓았으나 자신 일대에 모두 탕진하여 '기분 다이진(紀文大尽)'으로 불렸다. 말년에는 걸인처럼 불우하였다. 생몰년이 분명하지 않은 등, 거의 전설상의 인물이다.

119 奈良茂(1695~1725): 에도 시대의 재목(材木) 상인으로 대대로 쌓아 온 엄청

도한 것조차 후세에 다이진(大尽)[120]이라는 이름으로 길이 입에 오르내리니 그의 이름은 더욱더 불후(不朽)로 길이 전해져야 할 것입니다. 하지만 세상 사람들은 그와 같은 생애를 보낸 사람을 과연 예술가로서 높이 평가해 줄까요.

난 자산을 나라, 요시와라 유곽의 명기와 어울리는 데 탕진하였다. 그 후 여행 길에 병을 얻어 서른한 살의 나이로 요절하였다.

120 에도 시대에, 주색잡기에 큰돈을 아낌없이 써 버리는 사람을 풍자하여 부르던 명칭.

연보

1886년(1세)	도쿄 시에서 아버지 구라고로(倉吾郎), 어머니 세키(関)의 차남으로 출생한다.
1892년(7세)	사카모토 소학교(阪本小學校)에 입학하지만 학교에 가기를 싫어해서 2학기에 변칙 입학한다.
1897년(12세)	2월 사카모토 심상 고등소학교 심상과(尋常科) 4학년을 졸업하고, 4월 사카모토 소학교 고등과로 진급한다.
1901년(16세)	3월 사카모토 소학교를 졸업하고, 4월 부립 제일 중학교(府立第一中學校)에 입학(현재는 히비야 고등학교)한다.
1905년(20세)	3월 부립 제일 중학교를 졸업하고, 9월 제일 고등학교 영법과 문과(英法科文科)에 입학한다.
1908년(23세)	7월 제일 고등학교 졸업하고, 9월 도쿄 제국 대학 국문학과에 입학한다.
1910년(25세)	4월 《미타 문학(三田文学)》을 창간하고, 반자연주의 문학의 기운이 고조되는 가운데 오사나이 가오루

(小山内薫) 등과 2차《신사조(新思潮)》를 창간한다. 대표작 「문신(刺青)」, 「기린(麒麟)」을 발표한다.

1911년(26세) 「소년(少年)」, 「호칸(幇間)」을 발표하지만《신사조》는 폐간되고 수업료 체납으로 퇴학당한다. 작품이 나가이 가후(永井荷風)에게 격찬받으며 문단에서 지위를 확립한다.

1915년(30세) 5월 이시카와 지요(石川千代)와 결혼하고, 「오쓰야 살해(お艶殺し)」, 희곡 「호조지 이야기(法成寺物語)」, 「오사이와 미노스케(お才と巳之介)」 등을 발표한다.

1916년(31세) 3월 장녀 아유코(鮎子) 출생, 「신동(神童)」을 발표한다.

1917년(32세) 5월 어머니가 병사하고, 아내와 딸을 본가에 맡긴다. 「인어의 탄식(人魚の嘆き)」, 「마술사(魔術師)」, 「기혼자와 이혼자(既婚者と離婚者)」, 「시인의 이별(詩人のわかれ)」, 「이단자의 슬픔(異端者の悲しみ)」 등을 발표한다.

1918년(33세) 조선, 만주, 중국을 여행하고 「작은 왕국(小さな王国)」을 발표한다.

1919년(34세) 2월 아버지 병사하고 오다와라(小田原)로 이사하여 「어머니를 그리는 글(母を戀ふる記)」, 「소주 기행(蘇州紀行)」, 「친화이의 밤(秦淮の夜)」을 발표한다.

1920년(35세) 다이쇼가쓰에이(大正活映) 주식회사 각본 고문부에 취임하여, 「길 위에서(途上)」를《개조(改造)》에 발표하고, 「교인(鮫人)」을《중앙공론(中央公論)》에

격월로 연재하기 시작했다. 대화체 소설 「검열관 (檢閱官)」을 《다이쇼 일일 신문(大正日日新聞)》에 연재하였다.

1921년(36세) 3월 오다와라 사건(아내 지요를 사토 하루오에게 양보하겠다는 말을 바꾸어 사토와 절교한 사건)을 일으킨다. 「십오야 이야기(十五夜物語)」를 제국 극장, 유라쿠자(有楽座)에서 상연한다. 「불행한 어머니의 이야기(不幸な母の話)」, 「나(私)」, 「A와 B의 이야기(AとBの話)」, 「노산 일기(盧山日記)」, 「태어난 집(生れた家)」, 「어떤 조서의 일절(或る調書の一節)」 등을 발표한다.

1922년(37세) 희곡 「오쿠니와 고헤이(お國と五平)」를 《신소설 (新小説)》에 발표, 다음 달 제국 극장에서 연출한다.

1923년(38세) 9월 간토 대지진(關東大震災)이 발발하여, 10월 가족 모두 교토로 이사하고, 12월 효고 현으로 이사한다. 희곡 「사랑 없는 사람들(愛なき人々)」을 《개조》에 발표한다. 「아베 마리아(アヹ・マリア)」, 「고깃 덩어리(肉塊)」, 「항구의 사람들(港の人々)」을 발표한다.

1924년(39세) 카페 종업원 나오미를 자신의 아내로 삼고자 집착하다가 차츰 파멸해 가는 인물의 이야기를 그린 탐미주의의 대표작 『치인의 사랑(癡人の愛)』을 《오사카 아사히 신문(大阪朝日新聞)》, 《여성(女性)》에 발표한다.

1926년(41세) 1~2월 상하이를 여행하고, 「상하이 견문록(上海見

聞錄)」,「상하이 교유기(上海交游記)」를 발표한다.

1927년(42세)   금융 공황. 수필 「요설록(饒舌錄)」을 연재하여, 아
              쿠타가와 류노스케(芥川龍之介)와 '소설의 줄거리
              (小說の筋)' 논쟁을 일으킨 직후, 아쿠타가와 류노
              스케가 자살한다. 「일본의 클리폰 사건(日本にお
              けるクリツプン事件)」을 발표한다.

1928년(43세)   소노코에 의한 성명 미상 '선생'에 대한 고백록 형
              식의 『만(卍)』을 발표한다.

1929년(44세)   세계 대공황. 아내 지요를 작가 와다 로쿠로에게 양
              보한다는 이야기가 나돌고, 그 사건을 바탕으로 애
              정 식은 부부의 이야기를 다룬 『여뀌 먹는 벌레(蓼
              食ふ蟲)』를 연재하지만, 사토 하루오의 반대로 중
              단된다.

1930년(45세)   지요 부인과 이혼하고, 「난국 이야기(亂菊物語)」를
              발표한다.

1931년(46세)   1월 요시가와 도미코(吉川丁末子)와 약혼하고, 3월
              지요의 호적을 정리한다. 4월 도미코와 결혼하고
              고야산에 들어가 「요시노 구즈(吉野葛)」, 「장님 이
              야기(盲目物語)」, 『무주공 비화(武州公秘話)』를 발
              표한다.

1932년(47세)   12월 도미코 부인과 별거하며, 「청춘 이야기(靑春
              物語)」, 「갈대 베기(蘆刈)」를 발표한다.

1933년(48세)   장님 샤미센 연주자 슌킨을 하인 사스케가 헌신적
              으로 섬기는 이야기 속에 마조히즘을 초월한 본질
              적 탐미주의를 그린 『슌킨 이야기(春琴抄)』를 발표

한다.

1934년(49세)	3월 네즈 마쓰코(根津松子)와 동거를 시작하고, 10월 도미코 부인과 정식으로 이혼한다. 「여름 국화(夏菊)」를 연재하지만, 모델이 된 네즈 가의 항의로 중단된다. 평론 『문장 독본(文章読本)』을 발표하여 베스트셀러가 된다.
1935년(50세)	1월 마쓰코 부인과 결혼하고, 『겐지 이야기(源氏物語)』 현대어 번역 작업에 착수한다.
1938년(53세)	한신 대수해(阪神大水害)가 발생한다. 이때의 모습이 훗날 『세설(細雪)』에 반영된다. 『겐지 이야기』를 탈고한다.
1939년(54세)	『준이치로가 옮긴 겐지 이야기』가 간행되지만, 황실 관련 부분은 삭제된다.
1941년(56세)	태평양 전쟁 발발.
1943년(58세)	부인 마쓰코와 그 네 자매의 생활을 그린 대작 『세설』을 《중앙공론》에 연재하기 시작하지만, 군부에 의해 연재 중지된다. 이후 숨어서 계속 집필한다.
1944년(59세)	『세설』 상권을 사가판(私家版)으로 발행하고, 가족 모두 아타미 별장으로 피란한다.
1945년(60세)	오카야마 현으로 피란.
1947년(62세)	『세설』 상권과 중권을 발표, 마이니치 출판 문화상(毎日出版文化賞)을 수상한다.
1948년(63세)	『세설』 하권 완성.
1949년(64세)	고령의 다이나곤(大納言) 후지와라노 구니쓰네가 아름다운 아내를 젊은 사다이진(左大臣) 후지와라

노 도키히라에게 빼앗기는 역사적 사실을 제재로 한 『시게모토 소장의 어머니(少將滋幹の母)』를 발표한다.

1955년(70세) 『유년 시절(幼少時代)』을 발표한다.

1956년(71세) 초로의 부부가 자신들의 성생활을 일기에 기록하며 심리전을 펼치는 『열쇠(鍵)』를 발표한다.

1959년(74세) 주인공 다다스가 어머니에 대한 근친상간적 소망을 다룬 『꿈의 부교(夢の浮橋)』를 발표한다.

1961년(76세) 77세의 노인이 며느리를 탐닉하는 이야기를 다룬 『미친 노인의 일기(瘋癲老人日記)』를 발표한다.

1962년(77세) 『부엌 태평기(台所太平記)』 발표.

1963년(78세) 「세쓰고안 야화(雪後庵夜話)」 발표.

1964년(79세) 「속 세쓰고안 야화」 발표.

1965년(80세) 교토에서 각종 수필을 발표. 7월 30일 신부전과 심부전이 동시에 발병하여 사망한다.

옮긴이
양윤옥

일본 문학 전문 번역가. 2005년 히라노 게이치로의 『일식』
번역으로 일본 고단샤에서 수여하는 노마 문예 번역상을
수상하였다. 나쓰메 소세키의 『도련님』, 아쿠타가와 류노스케의
『지옥변』, 다자이 오사무의 『인간 실격』, 미시마 유키오의
『가면의 고백』, 무라카미 하루키의 『1Q84』, 히가시노 게이고의
『나미야 잡화점의 기적』, 사쿠라기 시노의 『빙평선』 등 다수의
작품을 우리말로 옮겼다.

금빛 죽음

1판 1쇄 펴냄 2018년 8월 3일
1판 2쇄 펴냄 2024년 1월 16일

지은이 다니자키 준이치로
옮긴이 양윤옥
발행인 박근섭, 박상준
펴낸곳 (주)민음사

출판등록 1966. 5. 19. 제16-490호
서울시 강남구 도산대로 1길 62(신사동)
강남출판문화센터 5층 06027
대표전화 02-515-2000 팩시밀리 02-515-2007
www.minumsa.com

ISBN 978 89 374 2936 1 04800
ISBN 978 89 374 2900 2 (세트)

* 잘못 만들어진 책은 구입처에서 교환해 드립니다.

쏜살 소년 다니자키 준이치로 | 박연정 외 옮김

금빛 죽음 다니자키 준이치로 | 양윤옥 옮김

치인의 사랑 다니자키 준이치로 | 김춘미 옮김

여뀌 먹는 벌레 다니자키 준이치로 | 임다함 옮김

요시노 구즈 다니자키 준이치로 | 엄인경 옮김

무주공 **비화** 다니자키 준이치로 | 류정훈 옮김

슌킨 이야기 다니자키 준이치로 | 박연정 외 옮김

열쇠 다니자키 준이치로 | 김효순 옮김

미친 노인의 일기 다니자키 준이치로 | 김효순 옮김

음예 예찬 다니자키 준이치로 | 김보경 옮김